좋은
어른을 위한

에세이

김현주 지음

좋은
어른을 위한

에세이

읽고싶은책

프
롤
로
그

세상의 모든 배려가 친절한 척이고, 누군가를 위해 저절로 우러나온 마음이 아니라 예의를 지키는 것뿐이라고 말하던 사람이 있었다. 보고 싶었다, 예뻐졌다, 좋아 보인다, 너의 삶이 부럽다는 형식적인 칭찬을 하듯 인사를 주고받는 게 전혀 공감되지 않고 오히려 불편하다고도 했다. 콜센터 직원의 '사랑합니다. 고객님'은 당연히 빈말이고 음식점에서 '어서오세요'하고 인사하는 건 수익의 대상, 즉 고객이기 때문이고 잘해주는 사람은 무언가 원하는 게 있으니 경계해야 한다고 했다. 사실 사람이 어떤 마

음을 먹고 있는지는 눈에 보이지 않으니 그 사람이 하는 행동과
태도가 전부라는 말도 완전히 틀린 말은 아니다. 태도는 지금의
기분을 나타내지만, 본래 어떤 마음인지는 알 수 없고 좋은 마
음인지 아닌지, 마음의 깊이와 넓이, 모양을 알기에는 부족하다.
하지만 살면서 받았던 배려가 모두 갑과 을에 의해 약속된 태도
일 뿐이며 착한 척하기 위한 수단으로 생각하진 않았으면 좋겠
다는 생각을 했다.

"그래도 저는요. 착하게 살고 싶어요"
"착해서 뭐 할래? 착한 게 밥 먹여 주니? 대체 왜? 니가 마음
먹는다고 착하게 살 수 있을 것 같니?"
그래도 난, 그럼에도 불구하고 착한 마음이 좋았다. 좋은 마
음으로 살고 싶은 게 뭐, 복잡하게 생각하고 이유가 필요한 일
은 아니다. 여전히 착한 사람이 좋다. 밥 정도는 누가 먹여 주
지 않아도 알아서 먹을 수 있고 사회생활을 하면서 양보를 강요
받고 가끔 억울하기도 했지만 그래도 여전히 착한 게 좋다. 학
습된 배려처럼, 해야 할 일처럼, 나만이 할 수 있다는 착각처럼,
허락되는 오해처럼 여전히 제대로 지혜롭고 슬기롭게, 착하게 살
고 싶다. 주변에도 나쁜 사람이 되는 게 꿈이라는 사람은 없었

지만 살다 보면 착하게 살고자 하는 사람이 줄어드는 것도 사실이다. 어쩔 수 없는 사실임도 잘 안다. 다들 나름대로 착하게 살려 해도 그 마음을 지키고 사는 건 버겁고 선한 마음으로는 삐끗하고 탈락하기 좋은 불안한 세상이다. 사람들이 비교하고 비난하는 데 익숙해져서 착하게 사는 법을 잊어버린 것 같기도 하고. 약간의 피해에도 예민해서 피해를 민폐로, 민폐를 혐오로, 혐오를 의심하지 않고 혐오 그대로 혐오한다. 모든 사람이 나를 좋아할 순 없다는 것을 잘 알아야 하고 나를 싫어하는 사람은 아무도 없단 건 꿈도 꿀 수 없는 이 험한 세상에서 착하게 사는 사람이 있기나 할까? 누군가를 사랑하는 마음보다 혐오하는 마음에 더 시선이 집중되는 건 우리가 뭘 잘못하고 있는 건 아닐까? 잘사는 사람은 계속 잘살고, 못사는 사람은 한없이 작아지는 세상에서 착하게 살아도 될까? 주변 사람들을 하나 둘 떠올려 보는데 착한 사람이라고 딱 생각나는 사람이 없다. 다들 각자의 개성과 성향이 생각나긴 하는데 '그 사람 정말 착하고 좋은 사람이다'는 생각이 드는 사람은 바로 떠오르지 않는 건 왜일까?

착하게 산다는 건, 욕심나는 순간에 타인을 위해 양보해야 한다는 건, 그 순간은 속상할지도 모르지만 인생 전체로 보았을 때는 그렇게 손해나는 일만은 아니라는 이야기를 하고 싶다. 착한 일을 했을 때의 뿌듯함과 따뜻함은 착한 사람만 가질 수 있는 특권이다. 나눌 줄 모르는 사람은 평생 모르고 살아갈 보람과 꽉 찬 다정함 같은 것. 욕심인지 몰라도 착한 사람이 많았으면 좋겠다. 착한 사람들 틈에서 속 편하게 살고 싶은가 보다. 뉴스에는 부자들이 그렇게 많고 연예인들의 멋있는 삶을 보여주며 모두 화려한 삶을 동경하는 것처럼 말해도 주변을 살펴보면 다들 화려하게 살길 바라는 건 아니더라. 의외로 사람들이 원하는 건 사소하고 소소하다. 좋은 사람이 곁에 있는 것만으로도 만족하고, 마음이 넓고, 선한 사람들과 함께하고 싶어 한다. 평범한 우리에게는 맛있는 것을 사주는 사람도 나를 배려해주는 사람도 좋은 사람이다. 근사하고 대단하지만 멀리 있는 사람보다 맛있는 거 사주고 같이 놀아주는 사람이 좋은 사람이고 착한 사람이지 뭐.

'그냥 착한 사람이야'라는 말은 '그냥 아는 사람이야'같이 아무 의미도 없는 말 같다. 돈이 있으면 세상은 우리를 적당히 사람답게 살 수 있게 해주는데, 부자는 못되더라도 적당히 배우고, 적당히 노력하면, 적당히 힘들고, 적당히 즐거운 하루를 버텨낼 수는 있다. 죽지 않을 만큼 노력하면 버텨낼 수는 있는 적당히 차가운 사회에서 따뜻함을 아쉬워하며 일상 속의 소소한 행복을 찾으면서 하루하루를 씩씩하게 살아낸다. 바쁠 땐 괜찮은데, 힘들고 쉬고 싶을 때, 그리고 어느 날 갑자기, 따뜻한 무언가가 그립더라. 모든 사람이 착할 수는 없다면 그렇다면 실수 같은 착함이라도 있었으면 좋겠다.

눈에 보이는 돈으로 눈에 보이지 않는 행복을 살 수 있냐는 질문 자체가 아이러니지만, 성공하고 돈이 많으면 앞에 갑자기 펼쳐질 불행쯤은 거뜬히 막아 낼 수 있기에 돈으로 할 수 있는 게 많다는 것을 부인할 사람은 없다. 돈 많고 성공한 사람이 더 멋있게 사는 것 같고 더 잘 사는 것 같고 마음 편하게 사는 것 같다. 아마 실제로 그럴 거다. 돈이 많은 사람도 나름의 고충이 있다지만 사는 게 돈 때문에 힘들 땐, 부자들이 하는 고민만 하면서 살고 싶으니까. 누구나 때가 있고 나만의 속도를 찾으라고 하는데, 어디 그게 쉬운가? 그럼 힐링여행도 책, 정신과 병원도 필요 없겠지. 우정만 생각하면 되던 친구들을 놓고, 인간관계로 알게 된 사람의 마음까지 의심하면서 살아야 한다고 생각하니 우리가 피곤한 건 어쩌면 당연한지도 모르겠다. 그렇다고 세상을 향해 째려보면서 주먹 쥐고 방어상태로 살아간다면 그것이 진정 전쟁 속에서 살아가는 것이다. 전쟁의 중심점이 되어 원이 얼마나 큰지도 모른 채 살아간다면 언제 K.O패 당해도 이상하지 않다.

주변에 믿을 수 있는 좋은 사람, 착한 사람만 있다면 적어도 사람에 대한 걱정은 안 하고 살 수 있다. 쓸데없는 걱정, 정말 안 하고 살고 싶다. 쓸데없는 걱정만 안 하고 살아도 그 에너지를 더 좋은 곳에 쓰면 혹시 나의 미래가 괜찮을지도 모르니 말이다.

하루하루 순간순간 최선을 다하고,
힘들고 애쓰며 했던 노력은
대충 기억하는 것도 잘사는 방법이다.

충분히 노력했다면
결과는 뭐가 되었든
충분하다.

/
차
례

02장 그래서 착하게 살아갑니다

03장　그래도 착하게 살아갑니다

오늘도 좋은 어른으로 살아가는

당신을 위하여

01장

착한 사람

♡

♡

♡

내일도 좋았으면 좋겠어요.

날씨도, 사람도

착한 사람은
있다? 없다?

내 주변에 착한 사람이 있을까?
너의 주변에는 착한 사람이 있니?

어차피 세상의 모든 사람에게 친절하며 착하고, 모든 사람들이 착하다고 인정하는 사람은 없다. 나 또한 누군가에게는 착한 사람일지도 모르나 또 다른 누군가에게는 나쁜 사람일 거다. 세상에는, 심지어 주변에도 내가 착한 사람인지 나쁜 사람인지 생각도 하지 않을 만큼 나에게 관심 없는 사람이 훨씬 더 많다. 한가하게 한 사람을 분석하고 평가하고 씹어대는 사람은 좋은 사람이 아닐 가능성이 훨씬 크다. 사람은 상황에 따라 어떨 때는 한없이 착하기도 하고, 또 어떨 때는 한없이 나쁜 사람이 된다. 한 사람에게는 한 가지 성격만 있는 게 아니라 다양한 면이 있으니 상황에 맞는 성격을 보이는 것이 사회생활이고 타인에 대한 배려다. 상황 혹은 자리가 사람을 만든다고도 한다. 무수히 많은 장면이 시간적으로 이어진 24시간의 상황이 모여 한 사람의 하루가 되는데, 연속적인 장면에서 매순간 착한 사람은 있을 수 없으며 착하다고 생각했던 사람도 어차피 착한 척하는 사람이라는 말에도 어느 정도 공감된다.

친구들과의 일상적인 수다도 대화인지, 평가인지 구분이 잘 안 되는 시대에 살고 있다. 이렇게나 평가가 많은 세상에서 무수히 많은 평가를 받으며, 내가 받는 것이 평가인지 뭔지도 모른 채 하루하루를 살아낸다. 평가받는 데 인색하지 않고 자연스럽게 잘 평가받는 사람이 사회생활을 잘한다는 평가를 받는다. 그래서인가.

언제부턴가 사람도, 그 사람의 하루도,
자연스럽게 잘 녹아있으면 관심이 가지만,
대놓고 하면 흐름을 끊고 이야기의 몰입을 방해하는
PPL같이 느껴지면서
새삼 사람이 상품화되었다는 게 실감 난다.

착한 사람

처음 만났을 때 하는 기분 좋은 칭찬

'착하네. 좋아 보여. 예쁘게 생겼네'도

알고 보면 평가고 상품에 대한 상품평 같다.

매번 평가를 당하면서 산다고 생각하니 숨 막히지만, 그래도 좋은 평가인 칭찬은 우리의 삶을 좀 더 따뜻하게 만들어 주기도 하더라.

요즘은 사람에게 착하다는 칭찬을 잘하지 않는다. '착하다'가 좋은 의도가 있는 평가임은 분명한데 묘하게도 칭찬이 아닌 것 같다. 사람에 대해 말할 때 '그 사람 참 재밌어. 그 사람 참 잘 생겼어. 그 사람 능력 좋지. 그 사람 돈 많잖아?' 의도가 어떻든 물질적이든, 정신적이든 한 사람이 가진 것에 대해 주관적인 얘기를 하면 평가다. 누군가를 분석하고 사람의 장점과 단점을 찾는 평가. 사실 평가란 선생님이 제자를, 팀장이 팀원을, 즉 수직적인 관계에서 하는 게 보통이라 친구나 보통의 인간관계 즉, 수평적인 관계에서는 조심해야 하고 섬세해야 한다. '그 여자 정말 이쁘더라. 그 남자 정말 멋있지'라는 칭찬도 듣는 사람이 무조건 좋아할 거라 착각해서는 안 된다.

학교를 졸업하고 어른이 되어 사회생활을 시작한다는 것은 나의 가치를 책정하고 평가받겠다는 암묵적인 동의다. 취업을 위해 이력서를 쓰고 자기소개서를 쓰는 건 나의 개성을 주장하기보다 회사의 규율과 시스템에 내가 할 수 있는 것을 끼워 맞추겠다는 약속이고, 나에게 연봉은 1년 동안 노동 가치의 대가이지만, 회사의 입장에서는 회사의 이익에 기여한 대가다. 이 둘이 일치하란 법은 없다. 잘 나가는 어른이 되기 위해서 사회에 만들어져 있는 시스템에 나를 맞추고 사회생활을 위한 규율을 지키며 암묵적으로 말 잘 듣고 착해지겠다는 맹세를 한다. 물론 그 맹세 때문에 사는 게 얼마나 고단해질지, 어떻게 힘들어질지는 구체적으로 모르면서.

표현의 자유가 존중되고 예전보다 개인이 중요해진다고 하지만, 그래도 사회에는 여전히 완전히 무시할 수 없는 지켜야 할 기본값이 있다.

있는지 없는지 티 나지 않는 사람, 아무 매력 없고 특색 없는 사람, 내가 틀려도 이해해 주고 큰 목소리로 틀렸다고 말하지 않을 사람, 성격이나 외모, 능력을 곰곰이 생각해 보았을 때 특별한 뭔가가 떠오르지 않는 사람을 '그냥 그 사람 참 착해'라고 말한다.

사람에게 기대서 쉴 수 있다는 것이 얼마나 대단하고 근사한 일인지는 나이가 들수록 더욱 절실하게 느낄 수 있다. '있는 그 대로의 나'를 받아줄 수 있는 사람을 만난다는 건, 심지어 그 사람이 나를 사랑한다는 건 인생에서 없을 수도 있는 행운이자 기적이다.

그런데 잘 모르겠다. 솔직히 여전히 사람 볼 줄 모르겠다. 돈이 많은 사람, 성공한 사람, 잘생긴 사람, 예쁜 사람은 금방 떠오르고 집이 있는 사람, 좋은 차를 타는 사람 다 잘 알겠는데 착한 사람은 잘 모르겠다. 그래, 친구가 몇 명인지도, 어떤 사이까지가 친구이고 단순한 지인인지도 헷갈리는데 착한 사람을 세려고 하니 도통 어렵고 아무리 생각해 봐도 없는 것 같다. 이 세상에 착한 사람은 진짜로 없는 건지, 혹시 내가 그들이 가진 집, 차, 돈, 가방에 더 관심을 가지고 살아가느라 착한 마음은 제대로 보지 않고 사는 걸까? 아니면 나 자신에게만 집중해서 인간관계를 만들다 보니 주변 사람들을 제대로 알지 못하는 걸까?

착한 사람에 대한
물음표?

모르는 것은 잘못이 아니고
모르면 배우면 된다.

모르는 것도 몰라서 모르고 있는 게 진짜 부끄러운 거란다. 무엇을 모르는지는 잘 모르겠지만, 무엇을 알고 있는지 과연 제대로 알고 있는지도 잘 모르겠지만 살면서 모르는 건 정말 많은 것 같다. 무엇을 얼마나 어떻게 모르는지도 몰라서 뭘 모르는지 모르고, 모르는 게 많다고 말하는지도 모르겠다. 산다는 건, 죽을 때까지 뭘 모르는지를 찾아가면서 배우는 과정인가 보다. 어쩌면 물음표는 정말 모르는 것을 질문할 때 쓰기보다 모르는 것이 뭔지 생각해 보라고 만들어진 부호인지도 모르겠다. 우리 최소한 뭘 모르는지는 알고 살기로 하자. 정말 모르는 것은 책을 찾아보고 정보를 검색하며 '알려주세요'라고 정중하게 부탁하게 되지만 혼잣말처럼 질문이 나오는 가볍게 모르는 것들은 정말 답을 모르겠다. 예를 들면 이런 거 "난 왜 이렇게 게으르지? 지금 화내야 할 타이밍인 거야? 나 지금 바보 된 거?"같은, 세상엔 대답을 들어도 그만, 안 들어도 그만인 혼잣말 같은 질문도 많다. 이런 건 진짜 몰라서 알고 싶은 건지 그냥 모르고 살아도 되는지 잘 모르겠다. 사람들이 사는 게 혼란한 이유이겠지.

착하게 살아도 될까?
가끔 궁금하긴 한데 궁금해도 되는지 모르겠다.
사람들은 착한 마음에 별로 관심이 없다.
하긴, 행복하게 살고 싶다면서
마음에도 별로 관심이 없는데 뭐.
눈에 보이고 손에 쥐는 게 중요해서
보이지 않는 마음이라 더 관심이 없나 보다.
아니 착하게 사는 건
어리석은 짓이고 손해 보면서
바보처럼 멍청하게 사는 거란다.

친절하고 선의를 베풀면서 타인의 잘못을 이해하고 용서하며 선하게 살아가겠다는 사람, 마음이 고운 상태를 유지하면서, 손해 보더라도 참고 자신을 희생하며 다른 사람을 챙기는 사람, '마음이 곱다'는 참 예쁜 말이라 좋아하고 아끼는 표현법인데 이런 표현을 언제 들어봤는지, 써보긴 했는지도 기억나지 않는다. 심지어 요즘은 이렇게 마음이 고운 사람을 '착하다' 하지 않고 '호구'라고 부른다. 착한 사람을 너무 쉽게 호구로 만들어 버리는 세상에서 착하게 산다는 것은 결코 쉽지 않기도 하고.

"네가 그렇게 착하니까 너를 호구로 보는 거야"

한 사람이 일방적으로 이해하고 있다면, 일방적으로 받아주고 있다면, 일방적으로 손해 보고 있다면 제3자가 봤을 때, 호구로 이용당하는 것처럼 보인다. 일방적으로 이해해 주고 이해를 받는 관계, 일방적으로 한 사람이 고민을 얘기하고 다른 사람은 듣기만 하면서 상담을 해주는 관계, 이렇게 일방적인 관계는 한 방향으로만 흐르면서 받아주는 사람이 지치게 돼서 오래 가기 힘들다. 여기서 말하는 일방적인 이해심과 손해는 물질적인 것뿐만 아니라 마음도 포함된다. 호구님은 도대체 언제부터 활동하셨는지, 착하게 살고 싶은 사람을 곤란하게 만드신다.

착한 사람에게 착한 마음이란,
상대를 편안하게 해주면서
자신도 불편하지 않는 따뜻한 마음이다.

마음은 저절로 생기는 거라 선택하는 데 시간이 필요하지 않다. 착한 마음을 가지고 있으면 마음을 줄지 말지 고민하는 시간이 적어서 불안한 시간도 적고 평온한 시간이 많다. 사람은 따뜻한 마음을 베풀며 만족감을 느끼고 그 자체로 행복을 느끼기도 하니까. 나의 손해를 계산하지 않고 모두를 위한 최선의 선택을 할 것이니 결정을 내리는데 시간을 아낄 수 있다. 부정적인 에너지를 쏟아가며 누군가를 미워하지 않아도 되고 역으로 나를 싫어하는 사람이 잘 없으니 미움받지 않아서 인간관계가 조용하다.

요즘은 미움받을 때도 용기가 필요하다 하는데, 얼마 없는 용기를 미움받는 데 쓰지 않아도 되니까 그 용기로 더 생산적인 일을 할 수 있다.

사람들은 착한 사람을 혹은 호구를 안쓰럽게 바라볼 뿐, 대놓고 싫은 티를 내진 않는다. 오히려 걱정되는 마음으로 도와주는 사람이 생각보다 훨씬 많다. 재난이나 위험이 있을 때 우리는 자기 일처럼 발 벗고 나서는 사람들을 보면서 감동 받고, 적극적으로 나서지 못하는 사람도 그들을 응원하며 아직은 살만한 세상이라 느끼며 힘을 낸다. 착한 사람은 싸울 일이 잘 없고 감정 소모가 적으니, 평온하게 좋은 생각을 더 많이 할 수 있다. 착한 사람이 오래오래 착한 생각을 할 수 있는 이유다.

요즘 우리는 참 다양한 방법으로 남을 욕하고, 미워하고, 혐오하는 데 많은 시간을 쓴다. 어차피 내가 누군가를 욕하고 미워하고 혐오하면 똑같이 나에게도 돌아오게 되어 있는데, 입장 바꿔 말하면 나 또한 욕을 먹고 비난을 받으며 다른 사람의 눈치를 보는 데 많은 시간을 보내는 셈이다. 욕심 없이 타인을 인정하면서 인간관계를 만들어 간다면 남을 의심할 필요도 없고, 남에게 싫은 소리를 할 일도, 비난받을 일도 없다. 언성을 높여 가면서 싸울 일도 없으니 평정심을 유지하면서 살 수 있다.

사실, 세상에 믿을 만한 사람만 있다면, 주변에 좋은 사람만 있다는 확신이 있다면, 착하게 사는 삶은 정말 마음 편할 수 있다. 화내는데 쓰는 시간과 감정을 낭비하지 않고 의도적이지 않앉다는 확신만 있다면 혹시 일어나는 실수들은 그냥 이해하면 된다. 의심할 필요 없고 자연스럽게 생글생글 웃는 표정으로 살 수 있다. 기분 좋은 웃음이 주변 사람들을 기분 좋게 해주기도 하고 주변까지 긍정적인 분위기로 바꾸기도 한다. 타인이 하는 나쁜 평가만 듣지 않아도 속 편하게 살 수 있는데, 슬프게도 주변에 좋은 사람만 있다는 확신도, 나쁜 평가도 없을 수 없어서 인간관계에 그렇게 많은 고민을 하면서 살아가고 있다.

사회생활을 한다는 건, 인간관계를 만들어 간다는 건, 어떤 식으로든 다양한 사람들을 만나고 받아들이고 그들의 지인이 되어준다는 뜻이니까.

착한 사람 중에서 뚜렷한 주관과 자신만의 기준이 있는 사람 은 정말 멋있게 빛난다. 똑똑하게 자신의 기준에 착한 마음이 더해진 말은 친밀함이 느껴져 신뢰도가 높고 믿음직스럽다.

늘 착하게 다른 사람들의 의견을 존중하던 사람이, 한마디 자 신의 주장을 내세우면 듣는 사람에게는 훨씬 묵직하게 박힌다. 좋은 마음을 바탕으로 다정한 듯 단단해 보이고, 단단함 속 당 당함을 가진 사람은 그 자체로 충분히 매력적이다.

열 개 잘하던 사람이 하나 못하면, 그 못한 하나 때문에 더 크게 혼나고 열 개 못하던 사람이 하나 잘하면, 그 잘한 하나 때문에 칭찬을 듣는 것 같아도 결국 사람들은 열 개 잘하고 하나 제대로 못한 사람에게 무슨 일이 있는지 걱정한다. 신뢰라는 것이 쌓였으니까.

착한 사람과 쉬운 사람은 다르다.
착한 당신이라면,
적어도 착하게 살고자 한다면
가장 먼저 호구와 구분되어야 한다.
그냥 막,
무조건 착해서는 안 된다.

호구와 분명히 구분되어 똑똑하게, 현명하게, 슬기롭게 착해야 한다. 똑똑하게 착한 사람은 본인의 명확한 기준이 있어서 주체적이고 어떤 선택과 결정을 스스로 하고, 쉬운 사람은 자신만의 기준이 없어 쉽게 흔들리고 불안하다. 쉬운 사람은 타인의 부탁과 요구에 본인의 판단 없이 응하고 자신의 손해가 얼만큼인지 제대로 알지 못하며 싫다는 대답을 해야 할 때 주저한다.

똑똑하게 착한 사람의 착한 마음과 배려가 본인의 속에서 진심으로 나오는 것이라면, 쉬운 사람의 가벼운 마음과 허술함은 타인의 요구나 부탁에서 자유롭지 못하고 거절하지 못한 어쩔 수 없음에서 나온다. 거절하지 않는 것과 거절하지 못한 것은 분명히 다르다.

평가가 당연한 시대에 똑똑하게 제대로 착한 사람으로 슬기롭게, 그리고 건강하게 살기 위해서는 전제가 있다. 세상이 정해 놓은 규칙이 아닌, 다른 사람 가치관과 상식이 아닌, 하지만 객관적으로 옳음을 인정받을 수 있는 자신만의 올바른 기준이 있고 시간적, 경제적 그리고 마음의 여유까지 있어야 한다.

기분대로 행동하지 않아야 하고, 기분을 표현한 태도가 무례함이 되지 않아야 한다. 착한 마음을 제대로 보여줄 말과 행동도 중요하므로 다정함을 품은 친절함도 필요하다. 돈이 많다는 것이 노력을 증명해 주고(돈이 예외 없이 정당한 노력을 증명해 줬으면 좋겠다) 주변에 좋은 사람이 많은 것은 인격을 증명해 주고(주변에 좋은 사람이 많은 것이 예외 없이 좋은 인격을 증명해 줬으면 좋겠다) 여유는 삶의 방식을 증명한다.

착한 마음도 팍팍하지 않은 일상을 보내고 있는 여유에서 제대로 나타낼 수 있다. 여유가 있어야 취미도 즐기고, 시련도 즐길 수 있다. 여유가 있는 사람은 힘든 시간도 짜릿하게 즐긴다는데 같은 상황이라도 여유 없는 사람에게 그 시간은 죽고 싶은 순간일 수도 있다. 여유가 있는 사람에게는 다른 선택지가 있기에 남들이 해주는 충고도 즐기고 사랑하는 사람이 해주는 잔소리도 즐길 수 있다. 많이 가진 사람이 자신이 정해놓은 기준에 따라 적당한 불편을 감수하고 주위에 베풀면서 사는 것과, 아무것도 가진 것이 없는 사람이 호구처럼 여기저기 끌려다니는 것은 정말 하늘과 땅의 차이다. 착한 마음만으로는 착한 사람으로 착하고 안전하게 살 수 없다. 슬프지만 현실이 그렇다. 착하게 살고 싶다는 마음만으로는, 자기 마음대로 착하게 살 수 없는 현실이다.

특별히 어떻게 살아야 할지 잘 모르겠다면,

내가 사랑하는 사람들은

정신 똑바로 차리고 착하게 살았으면 좋겠다.

착하게 살고자 마음먹는 게 힘들지만

그럼에도 불구하고 착하게 살겠다고 마음 먹으면

분명 '어제의 나'보다 '내일의 나'가

좀 더 여유를 가지고 마음 편하게 살고 있을 것이다.

♡

♡

♡

분명 있어요.
착한 사람의 특권

난 착한 사람,
넌 호구

언제부터인가 착하다는 말에
불쾌함을 말하는 사람도 많아졌다.

과거엔 어른들이 착하게 살아야 한다고 말씀하셨는데, 착하다는 말이 칭찬임이 분명했는데, 지금은 착하다는 말이 과연 칭찬인가 의문이다. 칭찬은 고래도 춤추게 한다면서 칭찬을 권하고 무조건 칭찬하라 했다. 세상 사는데 고래가 춤추는 게 뭐가 그렇게 중요한지는 잘 모르겠지만 어쨌든 칭찬은 무조건 좋은 것이라고 명쾌하게 정의되었다. 요즘은 칭찬이 무조건 좋다고 말할 수도 없고 칭찬인지, 아닌지 헷갈리는 말이 많다.

그중 가장 헷갈리는 말 '넌 착해. 너를 착해서 좋아해'. '그냥 착하다'는 칭찬에는 묘하게 기분 나쁘다. '그냥'이라는 단어가 문제일까. '착하다'가 문제일까. '착하다' 앞에 '너무'라는 표현이 붙으면 더 묘해진다. '너무'라는 단어는 과하다는 부정적인 뜻이 있고 '착하다'는 말도 과연 칭찬인지 헷갈리는데 '그냥 너무 착하다고?'

너무 착하다는 말은 자기 앞가림 제대로 하지 못해서 타인에게 피해를 줄 수도 있는, 멍청하다는 무시의 뜻을 담고 있다. 내 말을 무조건 들어라는 강요의 말, 이용하기 좋다는 뉘앙스기도 하다. 특별한 매력이나 능력을 내세울 것 없는 사람을 표현하는 말 같다.

뉘앙스로 뜻을 파악해야 하는 말을 하는 사람은 별로 좋은 사람이 아니고, 그런 말은 당장 기분을 상하게 하거나, 나중에라도 마음 상하게 하더라.

특별한 매력이 없는 사람을 얘기하며 '그냥 착해', 멋없는 사람을 얘기하며 '그냥 착해'라고 얘기하면 듣는 사람은 대충 어떤 사람인지 알겠다면서 귀신같이 알아듣고 '그냥'과 '너무'라는 단어가 붙기만 해도 '착하다'는 말과 '호구 같다'는 부정적인 감정을 묘하게 넘나든다.

사람이 착하면 좋긴 하다. 착하고 편한 사람은 편안함과 안정감을 주고 살아가면서 나를 위해 곁에 두고 꼭 지켜야 할 인연들이다.

그래도 조용하고 편안한 순한맛 사람보다는 어디로 튈 줄 모르게 자극하는 매운맛 사람에게 더 끌리는 건 어쩔 수 없더라. 재미있고 매력있는 사람들에게 더 끌리지만 마지막까지 곁에 더 오래 두고 싶은 사람은 성숙하고 고민을 나누고 의지하고 싶은 사람인 것도 어쩔 수 없고. 주변에 순한맛인 사람만 있으면 삶이 지루할 것 같고 매운맛의 사람만 있으면 금방 지칠 것 같다.

결국은 마음을 나누고 진심을 아는 사람과 더 깊은 사이가 되는데 인간관계의 스킬이 좋은 사람과 빨리 친해지긴 해도 그만큼 오래 간다는 보장은 없다.

인간관계의 스킬이 만남의 편안함을 줄 수는 있어도 그 사람의 진심을 대신해 주진 못한다.

그러니 오래 보고 싶은 사람에게 요령 없다고 단호하게 굴진 말자. 어쩌면, 요령 있는 사람보다 아무 요령 없는 사람과 맞춰가는 게 더 쉬울지도 모른다.

과거에 어떤 사람을 착하고 편하다고 느꼈었는지 곰곰이 생각해 보니 거절하지 않는 사람이었다. 원하는 대로 해주고, 투정부려도 받아주고, 억지를 써도 보듬어 주는 사람을 착한 사람이라 기억했다. 하지만 그 착했던 사람들은 다 바보, 멍청이가 아니라는 건 시간이 한참 지나고 더 성숙해졌을 때 겨우 알 수 있었다.

거절하지 않음은 굳이 거절할 필요성을 느끼지 못하거나 그 투정을 받아줄 여유가 있어서였고 사달라 했던 것들을 사줄 경제적, 시간적 여유가 있거나 나를 사랑했던 사람이었다. 나를 사랑해 준다고 해서 무례하게 굴어도 된다고 허락한 적은 없었다는 건 시간이 한참 지난 후에 알았다.

아, 사랑의 크기와 이해심이 무조건 비례하진 않았다.

사람과의 관계에서 거절을 하면 불편한 분위기가 되는 건 어쩔 수 없으니 적절하게 거절하는 연습이 중요한데, 착했던 그 사람은 우리의 관계를 위해 불편한 분위기를 만들지 않았던 거였다. 거절하지 않아도 될 만큼의 여유와 나를 위하는 마음이 있었던 거다.

착한 사람

밥 사준다는 말이 새삼 다정하게 느껴지는 요즈음이다. 솔직히 철이 없을 때는 밥을 사줄 테니 만나자는 말이 싫었다. '뭘 사줄 테니' 만나자는 건 과연 건강한 만남인지 헷갈렸고, 만남에 '밥'이라는 조건이 있으니 밥을 얻어먹고 나서는 마음이 없어도 커피라도 사야 한다는 부담이 느껴졌다. 내키지 않는 사람과 굳이 밥 먹을 이유가 없었다. 그리고 무엇보다 흰쌀밥을 싫어했다.

지금 생각해 보면 밥 사준다는 말을 했던 사람은
밥을 사줄 만큼의 경제적 능력과 시간이 있고
심지어 나를 좋아하는 마음까지 있는 사람이었다.
그런 고마운 인연을 꼬인 마음으로 놓치고 살았으니
사는 게 쉬울 리가 없지.
신기하게도 나이가 들면
내가 왜 이렇게 사는지 자연스럽게 알게 된다.

'착해서 좋다'는 말은 왜, 앞으로도 '내 말을 잘 들어'라는 지시 같을까. 내가 그렇게 꼬인 사람인가. 조건부 관계는 조건이 충족되지 못하면 언제든지 깨질 수 있는 계약 관계다. 취미생활로 만들어진 모임이 그렇다. 그 속에서는 친구와의 우정이 아니라 지인, 아는 사람과의 인간관계가 만들어진다. 친구, 우정과 지인, 인간관계는 분명히 다르다. 취미생활 모임에서는 암묵적으로 우정이나 사랑은 만들지 않는다는 룰을 정하고 룰을 어기는 사람은 모임에서 배제한다. 취미생활을 같이 하기 위해 다정하고 친절하게 대하는 것과 진짜 사랑과 우정을 찾는 건 다르다. 취미가 같은 연인이나 친구를 만나면 더 즐겁게 즐길 수 있을 것 같은 환상이 있지만, 실제로는 그렇지 않을 때가 더 많다. 취미에 감정이 들어가는 순간, 감정이 사랑이 되는 순간 더이상 취미가 아니라 마음 컨트롤을 해야 하는 부담감이 생겨 취미를 온전히 즐길 수 없게 된다. 취미 모임에서 연인을 만나게 되면서 취미생활보다 연인을 우선순위로 둬야 하고, 그 연인과 헤어지면 좋은 취미도 함께 잃게 되는 경우가 많다. 그렇지만 취미생활 모임에서 룰을 깨고 많은 커플들의 사랑이 이루어진다. 정해진 규칙을 지키겠노라고 약속하고 모임을 시작해도 어디서든 사랑은 시작되고 혼란해지고 그렇게 조금은 흔들리면서 고민하고 아프면서 그 속에서 성장하더라.

내가 나가는 모임에서 모든 사람이 정해진 룰을 지키고 약속을 지키는 착한 사람, 좋은 사람만 있으면 얼마나 좋을까?

주변 사람들이 모두 정해진 규칙은 무조건 지키고 좋은 마음이 보장되는 믿을만한 사람이라면 나도 고민 없이, 계산 없이 착한 사람이면 되고, 주변 사람들이 좋으면 나도 그냥 좋은 사람 하면 된다. 굳이 착하고 좋은 사람들 사이에서 주먹 쥐고 방어하며 마음을 낭비할 필요 없다. 그러나 현실은 이렇게 단순하지만은 않고 사람들 사이에는 좋아하는 마음과 싫은 마음이 생기고, 정이 들어서 사랑에 빠지는 게 문제다.

. . .

우리는 상처받지 않으려고
얕은 인간관계를
만들어 가고 있다고 생각하지만,
그 속에서도 마음이 오가서
나도 모르는 얕은 상처를
쌓으면서 살아가고 있다.

착한 나?

나는 사람들에게
착하다는 말을 많이 듣는다.

사회 생활에서 처음 만난 사람에게는 더욱 그러하다. 사회적으로 해야 하는 배려는 꼭 챙기고 누구에게나 허락이 있기 전까진 존댓말을 쓰고 예의를 차린다. 좋은 사람을 가려내기 위해서 무조건 잘해주고는 착한 마음을 이용하려는 사람과는 티 나지 않게 멀어진다. 근본적으로 마음이 착한 거라기보다 스킬이다. 챙겨주는 마음을 고마워 하면서 마음이 통했다는 생각이 드는 사람은 곁에 두는데 사람들은 보통 그런 나를 착해서 좋다고 했다. 시간이 지날수록 착함을 이용하려는 사람은 금방 티가 나서 멀어지곤 하는데 그들은 나에게 탈락된 사람이라는 건 모른 채,

나를 착하고 좋은 사람으로 기억하고 어쩌다 보니 서로 바빠서, 공통된 관심사가 없어서 멀어졌다고 생각하고 있을 것이다. 어쩌다 보니 연락이 끊겼으니 언제든 다시 연락할 수 있다고 생각하면서.

진짜 착한 마음은 없고 사회생활에서 살아남기 위한 착한 척하는 스킬만 늘어가고 있는데도 착하다는 말을 듣는 건 참 아리송했다. 묘하게 압박감이 느껴지고 자꾸 나를 생각하게 만들었다.

생각이 많아지는 사람은, 그래서 서로 지켜야 할 룰이 많아지는 사람일수록, 하지 않아야 할 말이나 행동이 많아질수록 좋은 사람일 수 없다.

착하다는, 착해서 좋다는 말을 듣는 순간부터 '착하게 굴어'라는 말로 해석하고 받아들여졌다. 평소 좋은 인격이라 생각하지 않는 사람이 착하다고 할 때는 더욱 강요 같았고 마음이 상했다. 사회생활을 할 때는 말 그대로 해석하면 안 된다. 직역과 의역이 확실히 존재하고 말 그대로 행동하면 바보 되고 호구 된다. '착해야 계속 유지될 관계' 이렇게 조건부로 만들어지는 관계는 우정이 아니라 그어놓은 선 안으로는 절대 침범할 수 없는 인간관계일 뿐이다. 너도 착하게 군다면 나도 착하게 굴 마음은 있으나, 그렇지 않다면 우리의 관계는 딱 지금 쓴 착한 가면까지다.

나도 내가 착한지 아닌지 아직 잘 모르겠는데 앞으로도 모를 예정인데, 가끔 나에게 착하다고 말하는 사람의 생각이나 의도가 궁금했다. 십몇 년의 사회생활은 나를 말투가 부드럽고 웃음이 많은 사람으로 만들었고, 선천적으로 자주 웃는 습관이 있긴 했지만 오랜 사회생활은 주변의 눈치를 봐야 한다는 것을 알려 주었다. 분위기만으로 상대가 듣고 싶은 말을 금방 파악할 능력을 키워준 건 눈치를 많이 봐서 생긴 눈치이다. 많은 사람에게 유리한 선택을 하는 건 착한 마음과는 전혀 상관없는 철저한 사회생활용 센스다. 습관적인 상냥한 말투와 고집 같은 눈웃음, 살아보니 많이 웃는 게 유리한 경우가 많아서 노오력을 하게 되었다.

이게 과연 착한 마음일까? 주변 사람들, 나에게 큰 관심이 없는 사람에게는 착한 마음으로 보이겠지만 웃으며 싫은 소리는 하지 않는 내가 편하겠지만, 진짜 나를 잘 몰라서 하는 말이라고 생각한다.

모든 사람에게 착한 사람이 되어주는 건, 나를 사랑해 주는 사람에게 예의가 아니다. 나는 꼭, 나를 사랑하는 사람에게 더 좋은 사람이 되어줄 거다. 나를 사랑하지 않는 사람은 상상도 하지 못할 만큼.

나라는 사람은 착할 때도 있고 계산적일 때도 있으며 늘 조심 하긴 하지만 의도치 않게 남에게 피해를 줄 때도 있다. 누구나 그럴 거다. 좋은 사람에게는 좋은 사람이고 싶고 사랑하는 사 람에게는 모든 것을 줘도 아깝지 않을 거다. 착한 척하고 싶은 상황도 있고, 총대를 메고 모두의 입을 대신해서 나쁜 말을 해 야 하는 경우도 있다.

철 없이 사회생활을 하면서 차별도 당해보고, 교통사고도 당 해보고, 억울한 일도 참고, 별의별 일을 다 겪으면서 많이 뺏기 면서 살아보면서 느낀 것인데

사람들은 나의 가치관과 나만의 기준까지
그렇게 관심이 없더라. 자기와 맞는 건 얼마나 되나
잠깐 궁금해하고서는 자기 얘기하고 자기 삶 살기 바쁘다.
사람들이 말하는 착하다는 평가에
쓸데없이 에너지 쏟지 말고 살아야겠다.

♡

♡

♡

옳은 선택보다
좋은 선택을

착한 척하지 않고
호구도 되지 않게

착하다는 말을 들을 때마다 그들의 의도는
칭찬이라 생각하고 하는 말일 테니,

착하다는 칭찬을 듣는다고 하겠지만 착하다는 칭찬은 평가하기 좋아하는 사람들의 착하게 굴라는 뜻 같아서 가끔 숨이 막힌다. 착하다는 말을 많이 하는 건 사람에 대한 평가에 익숙한 것이고, 너를 평가해보니 어렵고 불편한 사람은 아닌 것 같다는 뜻과 동시에 호구 같다, 만만한 거 같다는 말처럼 전해지기도 한다. 착하다는 칭찬으로 자신에게도 착하게 굴라는 확인 사살 같은 것. 우리가 착하다는 말을 들으면 묘하게 기분이 나쁜 이유다.

착하지 않아. 정말이야.

나는 감정이 조금 느린 편이다. 사실 세상 모든 감각을 쪼개고 박살 낼 수 있을 만큼 섬세하고 예민하게 태어났는데 사회생활을 하기 위해 둔해지려는 노력이 먹혔다.

쪼개진 감정만큼 생각도 많아서 지금 화가 나는 건가? 지금 슬픈 건가? 스스로 의심하는 시간이 필요하다. 생각이 많고 감정이 복잡해서 집중할 시간이 다른 사람보다 많이 필요하다. 그 시간 동안 다른 사람들의 눈에는 멍한 상태, 즉 화를 내야 하는 상황에도 화를 내지 않는 상태로 보일 것이다.

감정멍 상태라고 해야 하나. 불멍, 바다멍, 하늘멍이 유행하기 한참 전부터 나는 이미 감정멍 때리는 사람이었다. 생각과 감정이 느려서 대답하는 데 시간이 많이 필요하고 조금만 곤란해도 생각과 감정이 엉켜서 대답을 잘 못한다. 사회가 빠르게 변해가는 만큼 나의 감정은 사회의 속도를 따라가지 못하는 듯한데, 솔직히 이건 포기다. 가끔 자책하며 '감정 멍청이인가?' 생각해보면 맞는 말이라서 할 말이 없다. 말을 잘못 알아듣는 것은 확실히 아닌데 순간의 감정이 엉키면 좋은지 싫은지를 잘 판단하지 못해 오랫동안 머뭇거리는 감정멍 상태는 정말 어쩔 수 없다. 생각이 많으니 무슨 말을 해야 할지 잘 모르겠고 그래서 말이 잘 안 나오는 건 당연하기도 하고.

이런 나에게는 아마 '착하다'는 표현보다는 '화내는 순간을 놓쳐서 아무렇지도 않은 척하는 착한 척함'이라는 표현이 더 맞을 것이다. 정확한 감정 상태를 알 수 없으니 당장 화를 낼 수 없어서 보류하는 것뿐이다. 시간이 지나서 싫은 감정을 겨우 깨닫기도 하는데, 그럴 때는 한참 지난 후에 화를 내봤자 무슨 소용이 있나 싶어서 어쩔 수 없이 혼자 삭힌다. 가끔 친한 친구들에게는 한 달 혹은 두세 달이 지난 후 얘기하면 '너 아직도 그걸 기억해?'하고 되묻거나 '그게 무슨 일이었지?'하고 대답의 공백 시간을 잊어버리는 경우도 많다. 나의 감정멍 상태를 온전히 존중받은 적은 없다. 물론 존중해달라고 강요할 수 없음도 잘 알고. 나의 감정멍 상태로 그 순간에 화를 내지는 않았다는 이유로 다른 사람들은 착한 마음으로 오해한 듯하다. 그렇다고 모든 착한 마음이 감정이 느려서는 아니다. 감정이 느린 사람이 다 착한 사람으로 오해받는 것도 아니고.

호구 아닌 슬기롭게 착한 사람에게는 몇 가지 특징이 있다. 슬기롭게 착한 사람은 하고 싶은 말은 하고 산다. 심지어 멋있게 잘하고 산다.

말이라는 게 그렇다. 하고 싶은 말을 참고 다 하지 못한 날은 답답하고 말을 많이 하고 온 날은 뭔가 찜찜하다. 옳은 말을 따박따박 다 한 날은 미안하고 들어 주기만 한 날은 피곤하다. 말을 많이 한 날보다 일적으로 해야 할 말, 누군가를 설득해야 하거나 일방적으로 들어줬을 때가 더 지친다. 말을 조리있게 잘하는 것도 중요하지만 얼마만큼의 말을 해야 하는지 말의 양을 잘 조절하는 것도 말을 잘하는 데 꽤나 중요하다. 말을 잘하는 만큼 잘 들어주는 것도 중요한데 일단 말을 해야 시원하니까 내 입장에서 생각하면 들어주는 건 다음 문제지 뭐.

· · ·

매일 자기 전에
적당한 양의 말을 해서
답답하지도 찜찜하지도
누군가에게 미안하지도
피곤하지도 않다면
말을 적당히 잘하고 사는 거다.

착한 사람

하고 싶은 말 따박따박 다 하면서 다른 사람들을 챙기고 멋있게 사회생활을 잘 해내는 사람도 있다. 자신의 자리에서 중심을 잡고, 정신적·경제적 여유를 누리고 있으며, 인내심과 좋은 인격으로 존경받는 사람, 고집과 아집이 아닌 뚜렷한 자신의 주관을 존중받고, 명품이 넉넉하지는 않아도 경제적인 고민이 없는 사람, 허세가 없으면서 자신감이 있는 사람, 어떤 선택을 하고 행동과 선택에 있어 자신감 있는 사람이 분명히 있다.

올바르게 착한 사람의 주변에는 좋은 사람들이 많다. 주변에 좋은 사람이 많은 건 우연일 수도 있지만, 결코 우연만은 아니다. 똑똑하게 착한 사람들도 우연에만 기댄다면 좋은 사람을 만날 확률은 다른 사람들과 비슷하다. 어차피 확률은 반반이니까 좋은 사람 반, 그렇지 못한 사람 반이 주변에 있을 거다.

살아가면서 어떤 사람이 나를 스치는 것은 확률이고,
곁에 두는 것은 선택이자 중요한 결정이고,
그들이 곁에 남는 이유는 '인격'이다.
똑똑하게 착한 사람들은
좋은 사람을 자신의 곁에 남길 줄 알고

좋은 사람은 착한 사람을 잘 알아보고
그들의 주변에 남는다.

건강한 관계 속에서 자연스럽게 성장하고, 성장과 성공의 대
가로 돈은 자연스럽게 따라온다. 첫인상은 너무 좋았는데 만나
면 만날수록 별로라 생각되는 사람이 있고, 첫 만남에는 좋지
도 나쁘지도 않았지만 만날수록 호감이 생기는 사람도 있다. 첫
인상이 사람과의 관계가 깊어지는 데 중요한 영향력을 미치기에
오래 보려면 첫인상이 좋지도, 나쁘지도 않는 사람이 되었으면
좋겠다. 첫인상이 좋으면 앞으로의 관계를 너무 기대하게 되고
첫인상이 나쁘면 그 순간에 실망하니까.
첫인상은 있는 그대로의 솔직한 모습을 보였으면 이미 충분
하다.
사람은 멀쩡한데 나랑 안 맞는 사람도 많다. 내가 생각하는
평범함과 그 사람이 생각하는 평범함이 다르면 서로 불편하게
느끼고 노력 없이 친해질 수 없다. 그런 사람을 굳이 옆에 두면
서 나와의 맞는 점을 억지로 찾아낼 필요도 없고, 친해질 이유
를 억지로 찾아내도 되긴 하는데 엄청 힘들다. 굳이 사람과 가
까워지는 데 에너지를 많이 쏟을 필요가 없다는 말이다.

사람에 대한 에너지는 가까워지는 데 쏟는 게 아니라 가까워지고 나서 그 사람을 지켜가는 데 써야 한다.

혹시 반대가 끌리는 이유를 꼭 찾아내겠다는 오기가 생기면 한 번쯤 도전해보는 걸로. 그런데 도전해보면 정말 쓸데없다는 것을 확실하게 알 수 있는 경험이 되어주더라.

착한 마음은 진심이어야 좋은 사람이 될 수 있다. 여러 사람과 함께 있어도 착하고 부드러운 사람은 특별히 튀지는 않지만 그들의 중심에 있다. 똑똑하게 착하고 정신적, 경제적으로 여유가 있어야 비로소 착함은 호구의 범위에서 벗어난다. 어떤 선택을 하고 실행에 있어서 부족하지 않을 만큼의 경제적 능력도 필수다. 착하다는 성격으로 표현되지만 잘 갈고 닦아진 한 사람의 성품이면서 그 사람이 살아온 '성실하고 건강한 인격'이다. 나 자신이 만족하지 않는 삶을 살면서 무조건 베풀고 이해하면서 산다면 그것이 바로 호구로 가는 길이다.

. . .

원하는 것은 가질 수 있고
마음먹은 것은 행동으로 옮기면서
생존과 관련된 것들은 충분할 때,
좋은 마음으로 여유를 느끼면서
적당한 불행은 돈이나 물질적인 것으로
떼우며 사는 것.
이것이 제대로 착하게 사는 것이다.

그래서 욕심이 많은 사람은
돈이 더 많아야 하고
더 열심히 노력해야 하고
애쓸 일이 많다.

착한 사람

현실적
착함

하루아침에 내 한계를 뛰어넘는
성공을 바랐던 적 없다.

동화 속 공주를 구해줄 왕자를 원하진 않는다. 백마 탄 왕자
도 오는 길에 차가 막힐 것이고, 화장실도 가야 하고, 배가 고프
니까 밥도 먹을 건데, 양치질은 제대로 했을까 싶다. 머리에 왁
스를 발랐으면 말을 타고 왔을 터이니 먼지도 끼어있고 아마 겨
드랑이나 등에는 땀도 많이 났겠지. 왕자는 키가 크고 근육질에
멋있다고 묘사되는데, 못 생기고 똑똑한 남자를 좋아하는 나의
이상형에는 어긋나서 여튼 왕자는 남자로서 내 취향은 아니다.
지금까지 평범하게 살아왔는데 갑자기 동화 속 궁전의 어느
침대에서 일어나길 바랄 만큼 순진하지도 않다. 동화를 읽으며

주인공만 보았던 시선을 주변 사람들과 그 시대의 배경까지 넓혀 생각할 수 있는 만큼 어른이기도 하니까. 동화 주인공, 만화 주인공만 응원하지 않을 만큼, 만화영화 '둘리'에서 고길동의 고됨을 공감할 수 있을 만큼 어른이 되었다. 지금까지 내가 가진 능력과 노력, 가치판단으로 만들어 놓은 현실에서 주어진 만큼 얻고 이루어, 성실하고 정직하게 노력하고 만족하며 마음 편하게 살아가고 싶다.

노력한 만큼만 이룰 수 있다면 사회에서 뒤쳐질 수도 있지만, 노력한 만큼이라도 인정받으며 살면 적어도 억울하진 않을 것 같다. 앞선 사람들과 더 앞선 사람들을 욕하면서 사는 것보다, 뒤쳐진 사람들과 천천히 오면서 생긴 일을 자세히 이야기하면서 소소하고 재미있게 살고 싶다.

편안한 하루, 여유로운 생각의 반복, 필요할 때마다 쓸 만큼의 돈, 적당한 욕심에 큰 걱정 없이 살게 되었더니 여유가 습관이 될 즈음에는 착하게 살고 싶어졌다. 희한하게 열심히 살고 싶은 마음이 갈리고 닦여서 착하게 살고 싶은 마음으로 변했다. 열심히 살다가 한 템포 쉬어도 되겠다는 생각이 들면 조바심 내지 않고 천천히 살고 싶어진다. 마음의 여유가 있다는 건 많은 것을 지킬 수 있다는 의미이기에, 새롭게 시작하는 것도, 잘 알지 못하는 일에 도전하는 것도, 다시 시작하는 것도 마음의 여유는 꼭 필요하다. 정신적으로, 경제적으로 여유 있는 삶이라면 착하기도 좋다. 예전에 다니던 회사에 신경질적이고 이기적인 회사 동료가 있었는데, 알고 보니 원래 성격이 더러운 사람이 아니라 아주 힘들게 현실적 하루를 이겨내고 있는 사람이었다.

일상에서의 도피, 일상에서 허락되는 시간 동안의 당당한 도망을 위해 여행을 간다. 도망까지 가야 여유를 가질 수 있다고 생각하는 것 보니 우리가 처한 현실이 팍팍하긴 하나 보다. 여유가 거창한 것 같아도, 일상에서는 부릴 수 없는 것 같아도, 멀게만 느껴져도, 일상 속의 소소한 여유란 아침에 눈을 떴을 때 아무런 걱정이 없는 상태면 된다. 자연스러운 스트레칭과 '잘 잤다'는 생각과 기지개, 하루를 마치고 잠들 때 아무 생각 없이 잠에만 집중할 수 있는 안정감과 평온함에 감사하면 생각보다 쉽게 해결된다. 일상의 여유는 생각보다 가까운 곳에 있을지도 모르기에 하루 한 번, 자기 전 머릿속을 정리하며 감정을 누그러트리고 천천히, 그리고 따뜻하게 시간을 보내면 된다.

누군가를 미워하는 데 시간을 쓰는 것만큼

아까운 것이 없다.

역설적으로 시간을 아끼는 데 가장 필요한 건,

잘 쉬는 것, 여유고,

여유를 위해서 꼭 필요한 것이

감정조절이라면

착하고 따뜻한 마음으로 살면 금방 해결될 일이다.

착한 사람

착한 사람이 있다고
쉽게 떠오르지 않는 이유

주변에 착한 사람이 있지만, 그 사람이
나에게 착한 모습을 보여주지 않기도 한다.

  사람은 주어진 환경에 따라 성격과 인격이 달라지기에 사람
마다 다른 모습을 보여준다. 한결같은 사람을 기대하지만 주어
진 상황이 다르기에 사람에게 일관성을 기대할 수 없다. 아니 일
관적으로 착하거나, 일관적으로 나쁜 짓만 하면 사는 데 문제가
생긴다. 아, 일관적으로 잘해주고 칭찬만 해주면 그 사람은 사
기꾼이거나 원하는 게 있는 사람이니 꼭 조심해야 하고. 사람은
누구나 사람에 따라 마음가짐이 다르고, 다르게 대하는 것은 당
연한 건데 우리는 가끔 이 당연한 것을 잊고 살면서 당연한 것
들을 놓치고, 착한 사람도 그 마음도 놓치고 있는지도 모르겠다.

항상 손에 쥐고 다니는 핸드폰으로 사진과 동영상이 일상화가 되면서 일상을 증명해내는 힘을 키우면서 살고 있다. SNS에 일상의 기록을 남기고 보정된 카메라와 비율 깡패가 되는 건 애교로 어느 정도 인정되는 일상이 되었다. 적당한 꾸밈에 거리낌이 없다. 사람들이 보정된 카메라로 셀카를 찍는 이유가 예쁘게 보정된 얼굴을 보면서 싱긋 웃을 수 있어서란다. 그 순간만은 소소하지만 확실하게 행복하기에 사진으로 찍어 순간을 보존하고 싶어 한다고. 실제의 내 몸보다 길고 늘씬하게 나온 사진을 보면서 잘 나왔다고 기분 좋아하는 정도는 귀엽게 봐주고, 오히려 너 이렇지 않다고 거짓말이라고 하는 사람이 답답하고 놀 줄 모르는 사람으로 놀리기도 하고. 약간의 환상은 거짓말이 아니라 하얀 거짓말, 아니 투명한 거짓말. 그냥 투명한 말이 되었다. 우리는 자연스럽게 적당히 척하면서, 있는 그대로가 아니라 조금 꾸며진 모습에 재미를 느끼고 소소하게나마 행복하다.

　　아이러니하게도 약간의 꾸며진 일상을 남기는 기록 때문에 거짓말하기 정말 힘들다. 매순간 남기는 사진과 영상으로 스토리를 만들어 남기니 거짓말도 일관성이 있어야 하는데, 매일매일 일관적으로 할 수 있는 거짓말은 어쩌면 거짓말이 아닌지도 모르겠다. 물론 당사자와 보는 사람도 어디까지가 진짜이고 어디까지가 거짓인지 몰라 혼란하겠지만. 일상을 기록하고 놀면서 동시에 증거물을 남기고 사는 것과 같다. 증거물은 범죄 같은 사건이 있을 때 남기는 건지 알았는데 내 일상에도 흔적이 많이 남아있다.

어느덧 SNS는 한 사람의 인격과 성품의 증거물이 되어서 SNS를 먼저 보고 그 사람이 만들어 놓은 스토리로 사람을 판단하게 되면, 사람에 대한 이미지와 선입견이 생겨서 마음을 보기가 더 힘들어지더라. 그 사람이 보여주고 싶은 대로 보고 그 이상을 보게 되면 선을 넘게 되는 것인데, 눈에 보이지 않는 마음보다 눈에 보이는 보정된 사진이 더 자극적이라고 하면 이해될까. 보정된 사진과 만들어 놓은 스토리가 최소한 다른 사람과 혼란되지 않을 만큼, 나를 표현하는 태도가 타인에게 무례함이 되지 않을 만큼의 정도와 온도를 유지하는 게 중요해졌다. 어쨌든 꾸며진 나도 다른 누군가에게는 피해를 주지 않아야 하고, 투명한 소통에 무례함이 없어야 한다. 사회는 개인주의를 선호하고 직업과 나이에 연연하지 않는 얕은 인간관계에 익숙해지고 있는데, 익명의 얕은 인간관계가 무례해도 된다는 허락은 아니니까.

무례한 사람에게까지 무조건 잘해주는 사람은 착한 사람이
아니라 호구다. 사람들은 호구감별사라도 되는 것처럼 아무에게
나 착하게 구는 사람을 금방 알아채고 이용하려 드니 호구가 되
지 않기 위해서라도 정신 차리고 착한 마음을 베풀 사람을 잘
골라내서 골라낸 사람들에게만 베풀어야 한다.

. . .

혹시 본인이 혹시 호구끼가 있다면,
당장 내려놓는 게 좋다.
호구라면 누구에게나 아무나 일 테니까.
누군가에게, 혹은 사랑하는 사람에게
아무나가 되면서는 살지 말자.
그건 나를 사랑하는
사람에 대한 배신이다.
나를 이름 대신 '아무나'라고
말하는 사람을 사랑하진 말자.
제대로 착하게 사는 건
간단하지도, 쉽지도,
아무나 할 수 있는 일도 아니다.

착한 마음으로 다가갈 수 있는 방법도 까다로워졌다.

모르는 사람이 주는 것은

함부로 먹으면 안 될 만큼 불신이 있는 요즘은

착한 일을 하려면 신원도 확실해야 한다.

아무것도 가진 것이 없는 사람이

착한 마음으로 계산 없이

모든 사람에게 베풀고 있다면,

그 사람은 이미

조용히 호구의 길을 걷고 있거나

다른 사람들은 착한 마음을 의심하며

순수한 마음으로

받아들이지 않고 있을 것이다.

♡
♡
♡

몇 개의 적당함만 모아도
이미 괜찮은 하루

혹시 착한 사람이
정말 없나요?

정말 주변에 착한 사람이

없을 수도 있다.

이런 경우에는 지금까지 살아온 삶을 되돌아봐야 한다. 혹시 내가 문제일지도 모르니 자신을 의심해 보아야 한다. 아니다. 이런 경우는 확실히 내 문제다. 내가 좋은 사람이라는 확신이 있었다면 그 사람은 나를 지키려고 했을 것이고, 마음을 알아주고 곁에 남아 주었을 것이다. 인간관계에 고민이 많을수록 좋은 사람은 귀하게 여겨진다. 우리는 어떤 사람을 만나느냐에 따라 대화의 결이 달라지는데 좋은 사람들은 서로의 장점을 얘기하면서 생산적인 대화를 하고, 반대의 사람들은 서로의 단점으로 비교, 비난하고 소모적인 대화를 하면서 에너지를 빼앗아 간다.

대화란 두 사람 이상이 하는 것이기에 좋은 사람들끼리 대화가 잘 통하고 서로에게 좋은 에너지를 주는 역할을 한다. 여러 명이 대화하는데 한 사람이라도 다정하지 못하면 나머지 사람들 모두 대화하기 힘들고 지친다. 좋은 사람끼리 있으면 절대 마음과 감정이 일방적으로 흐르지 않는다. 한 사람만 다른 사람에게 좋은 사람이 되어주는 게 아니라, 서로에게 좋은 사람이 되어주어야 한다. 서로의 마음과 대화의 온도, 다정함의 온도가 비슷하고 에너지의 흐름이 비슷하고 공평하기에 좋은 사람 옆에는 좋은 사람들이 남는다.

흔히들 좋은 사람은 나를 무조건 받아주고 이해해 주고 배려해줄 거라고 착각하는데 나를 받아주는 사람은 '지금의 나'를 사랑하는 사람이지, 나에게 사랑스러움이 없어진다면 끝까지 좋은 사람으로 남아 주긴 힘들다. 경험상 나를 이해해 주면서 내 말이 무조건 옳다고 말해주던 사람보다, 단점을 조심스럽게 말해주고 싫은 소리를 해주는 사람이 더 필요하긴 하더라. 기분을 맞춰주는 일은 나를 사랑하지 않아도 건성으로 할 수 있지만, 잔소리는 관심과 애정이 있어야 가능하더라고. 형식적인 칭찬과 좋은 말을 해주는 것보다 싫은 소리를 하는 게 훨씬 힘들더라고.

나의 태도와 행동을 바꾸지 않고
좋은 사람이 곁에 있어 주길 바라는 건,
편하게 살려고 호구 하나
곁에 두고 싶다는 이기심일 뿐이다.
좋은 사람에게 사랑받기 위한
사랑스러움과 노력이 필요하다.
좋은 사람은 공짜가 아니다.
세상에 공짜는 없으니까.

주변에서 좋은 사람이 아무도 없다고 투덜거리는 사람을 자주 본다. 지인 중 한 명은 횡단보도에 있는 초등학생이 자신을 갑자기 때리고 뛰어갔다는 둥, 영화관에서 우연히 옆자리에 앉아있던 모르는 사람이 자기 팝콘을 대놓고 먹었다고도 했다. 자신에게는 이상하게도 나쁜 일이 많이 생긴다고 억울함을 토로했다. 듣고 있다 보면 그 사람에게는 유튜브 몰래카메라 영상에 나올 만한 억울하고 신기한 일이 많이 생긴다. 항상 자신이 피해를 보면서 살아간다고 하지만, 그 사람의 얘기를 듣고 있으면 피곤해 지는 것도 사실이다. 짜증 난다는 말을 많이 해서, 세상에 이렇 게 짜증을 많이 내면서 사는 사람도 있나 싶다. 자신의 억울함 을 토로하면서 주변 사람을 감정 쓰레기통으로 만드는데, 여기 서 안타까운 건 자신은 모른다는 거다. 자신의 억울함은 진지 하고, 세상은 늘 잘못되었다고 말하는데, 나에게 직접적인 피해 를 주는 건 아니지만 얘기를 잠시만 듣고 있어도 에너지를 쪼옥 빨아가서 기가 빨린다. 항상 인상을 쓰고 세상에서 자기가 제일 힘들고 제일 불쌍하다고 말하고 다니는 사람은 잠깐 만나는 것 도 힘에 부치고 피하고 싶은 건 어쩔 수 없다. 컨디션이 좋을 땐 그래도 들어줄 수 있지만, 버겁고 피하게 된다. 이런 사람에게 착한 마음을 보이려면 한없는 이해심과 더 넓은 아량이 필요한 데, 바다처럼 넓은 진부한 이해심이라는 게 이런 상황에 필요한 건가 싶다.

아마 이런 사람의 얘기를 쪼옥 기빨려 가면서 들어주고 있으 면 그 사람의 호구가 되는 거겠지. 착한 사람에게는 고마운 마 음과 좋은 사람이 남지만, 호구라면 끝없는 이해심을 요구할 뿐 이다. 자기 자신이 제일 불쌍하고 자기가 세상에서 제일 억울한 사람은 고맙거나 미안해하지 않으니까. 끝없는 이해심을 전제로 만들어진 관계는 당연히 이해심이라는 전제가 있어야 하는데, 끝없는 이해심이 있어야 유지되는 인간관계를 굳이 유지할 필요는 없겠지.

이런 사람을 포용하고 그 사람의 입장으로 이야기를 들어주면서 감싸주고 싶을 수도 있다. 하지만 기 빨리면서 감정호구짓을 하다가 좋은 사람과의 만남의 기회를 잃을 수도 있다. 인간관계에서 늘 한쪽에서는 말하기만 하고, 늘 한쪽에서는 듣기만 하는 관계는 건강하지 못하다.

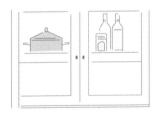

. . .

쓸데없이
이상한 얘기를 들어주느라
좋은 사람을
놓치면서 살 필요는 없다.

착한 척하다가
지친 거잖아

착한 사람은 없다?

좋은 사람으로 보이고 싶어서 착한 척할 뿐이다?

뭐, 완전히 틀린 말은 아니지만 착한 척하며 살기에 해야 할 일들이 정말 많다. 아주 부지런해야 하고 아주 인내해야 착한 척할 수 있다. 착한 척은 아무나 할 수 없는 노력이고 따뜻함과 다정함으로 상대에 대한 예의를 지키는 배려의 결과물이다.

착한 척에는 타인에 대한 이해와 희생이 담겨 있는데 이렇게 해야 할 일이 많은 세상에서 타인에게 착한 척할 여력이 있다는 건, 그럭저럭 잘 살고 있다는 뜻이기도 하다.

가끔은 팔짱을 끼고 한 걸음 떨어져 인생을 바라봐야 한다. 나이가 들수록 성숙한 사람일수록 자연스럽게 한 걸음 떨어져서 자신의 인생을 지켜보고 타인의 인생에 도움을 주고 싶어 한다. 어렸을 때는 힘든 일을 공감해주고 같이 욕해주는 사람이 좋던데, 나이가 들어보니 한 걸음 떨어져서 현명하게 대처할 수 있게 조언해 주는 사람이 필요하더라. 내가 보는 나의 인생과 타인이 보는 나의 인생은 다를 테니까. 한 걸음 뒤에서 인생을 짚어 보는 건, 내가 직접 해보는 것도 좋지만 나를 봐줄 좋은 사람이 있으면 더 좋다. 애정을 가지고 나를 오래 봐왔던 사람이 해주면 더더욱 좋다. 한 사람의 인생을 지켜본다는 건 특별한 애정이 필요한 일인데, 그렇게 오랫동안 나에게 관심을 주는 사람이 있다는 것 자체가 SNS에 기록된 잘 나온 사진들보다 확실한, 잘 살았다는 증거다. 사진은 과거이지만 사람과 미래를 만들고 앞으로도 함께할 거니까.

이왕이면 착하고 따뜻한 시선으로 봐주었으면 좋겠다. 잘한 것만 말고, 못한 것만 말고, 행복했던 것만 말고, 슬펐던 것만 말고, 나의 이야기를 연결해서 이야기로 봐주었으면 좋겠다.

선생님과 학생, 감독과 코치, 그리고 운동선수, 스승과 제자,

연예인과 매니저는 괜히 나누어져 있는 게 아니더라. 축구선수가 경기를 뛰고 녹화한 경기를 모니터링하고 부족한 점을 찾아내서 스스로 개선하는 게 불가능하니, 코치도 필요하고 감독도 필요하다. 나보다 역량이 뛰어난 사람이 좋은 마음으로 따뜻하게 보듬어 주는 시선으로 바라봐 주면서 내 인생의 감독과 코치가 되어준다면 우승한 사람을 건강하게 축하해주고 우승하지 못한 사람의 마음을 헤아릴 수 있는 선수가 될 수 있지 않을까.

착한 척하며 산다는 건 따뜻한 에너지를 무한히 쏟으며 배려한다는 뜻이기도 하다.
그러니 착한 척하는 사람을 가식이라고 진심까지 의심하면서 너무 미워하지는 말자. 착한 척하는 사람을 위선이라 욕하는 사람도 많지만 그들은 정말 힘들게 애쓰면서 너를 위한 배려를 하고 있고 그로 인한 편안함을 느꼈을 거다.

자존감이 중요해지면서 나에게 집중도 중요하지만,
인생의 중심에서 한 걸음 물러나
타인을 배려하면서 배우는 것도 분명히 있다.
나 자신보다 상대를 위한 선택을 하면서

착한 사람

이해하고 양보하고 배려한다.

나 자신을 사랑하면서

느낄 수 있는 것과 결이 다른 배움이고,

나 자신만 사랑하면서는 절대 얻을 수 없는 가르침이다.

타인을 배려하면서 느끼는 만족감은 또다른 기쁨이다. 인생을 총체적으로 생각하려면 5년 전의 나, 10년 전의 나, 15년 전의 나와 비교해 보는 것이 좋은데 나 같은 경우에는 서른다섯의 나, 서른의 나, 스물다섯의 나로 인생을 5년 단위로 비교해 본다. 5년 단위로 지난 시간을 되짚어 보면 사실 기억에 남는 게 별로 없다. 내 머리가 세세하게 겪었던 모든 사건들을 모조리 기억할 만큼 좋지 못해서 대학 졸업, 아르바이트, 몇 번의 취업과 몇 번의 퇴사, 이렇게 큰일들만 순간순간 기억난다. 감정적으로는 연애의 시작과 끝에서 아주아주 많이 슬프게 한 사람과 얼마나 힘들었는지 정도 생각나는 듯하다. 이렇게 5년 단위로 인생을 되짚어 보면, 친구가 약속 시간에 늦었거나, 인터넷에서 산 물건의 불량, 기대하지 않은 면접에 떨어진 일, 모르는 사람에게 들은 나에 대한 오해 섞인 소문 같은 사소한 것들은 기억조차 없다.

정말 힘들었던 일, 정말 슬펐던 일, 정말 기뻤던 일도 다 기억하지 못하는 이 머리로 평생을 살 텐데. 몇 년 후에는 기억조차 하지 못할 일에 시간과 감정을 낭비하면서 살 필요는 없다. 또 슬플 때, 억울할 때, 싫을 때 쏟아내었던 직관적인 나쁜 감정들을 감정조절의 실패라고 말하진 않겠다. 살면서 했던 실수들이 묘하게 섞여서 묘하게 조금씩은 성장해있고, 조금 뿌듯하기도 하고.

이 정도 기억을 미화하는 건 내 마음이다. 과거의 나는 최선을 다했고, 그때의 나를 보듬고 너그럽게 이해하면서 지금의 '착한 나'가 되고 싶어서 자주 기억을 미화해도 괜찮다. 시간이 지나고 나면 얼마든지 기억은 미화할 수 있으니 한 사람, 한 사람에게 받은 소소한 스트레스는 사실 별일이 아니더라.

인생을 조금만 더 길게 보아도 순간적인 스트레스와 감정은 금방 잊을 수 있다. 소소한 스트레스를 잘 잊어내야 일상의 소소한 행복을 잘 찾아낼 수 있고. 순간적인 감정보다 어떤 사건의 결과와 그때 했던 결정과 판단, 그때 있었던 좋은 사람들이 인생에 훨씬 많은 영향력을 미쳤음을 알 수 있으니 사소한 일에 감정 낭비하면서 지치지 말자. 우리.

인생은 노력에 약간 비례하는
랜덤 선택일 뿐

태생적으로 착한 사람이 있다.

태어났더니 마음이 착해서 생각도 착하게 하고,

그래서 그냥 착하게 사는 사람도 있다.

　누군가 태어난 김에 그냥 산다고 한 것처럼, 착하게 태어났으니 그냥 그 마음으로 사는 거지 뭐. 물론 큰 의미가 있어야 하는 건 아니다. 어렸을 때부터 조그마한 손에 쥔 과자도 '한입만' 하면 입에 넣어주던 아기의 작고 뽀얀 손 같은 마음을 간직하고 있는 마음도 있다. 하지만 단언컨대 잘 없다. 혹시 넘어져 다치더라도 지켜줄 부모님이 계시고, 세상은 아이에게 건강하게 자라는 것 말고는 딱히 원하는 것 없으니까 아이일 때는 그래도 된다. 하지만 어른은 안 된다. 절대로 안 되는 건 아니지만 그렇게 살면 나도, 주변 사람들도 아주 많이 피곤해진다.

아이들은 순수함이 허락되는 성장의 시간을 거쳐 순수함이 허락되지 않는 어른이 된다. 아이들은 기분이 좋으면 웃고, 화나면 울거나 소리 지르고 마음이 가는 대로 얼굴과 온몸으로 표현한다. 거짓말이 그렇게나 힘들고 어려운 일이었는데, 어른이 되었더니 그 어려운 것들을 살기 위해서 해야 하더라. 아이들은 알고 있을까? 시간이 지나서 그 어려운 거짓말을 자연스럽게 하고 있다면, 이제 어른으로서 힘들게 하루하루를 살아내고 있다는 것을.

사람을 궁지로 몰아서라도 원하는 대답을 얻어내는 사람이 대단한 것 같지만, 사실 사람을 궁지로 몰지 않으면서 자신이 생각하는 방향대로 인간관계를 유지하는 것이 더 엄청난 능력, 엄청난 노력, 엄청난 인내심이다.

그 사람이 틀렸다는 생각이 들어도 '이유가 있겠지, 얘기를 먼저 들어 봐야 하지 않을까'하고 상대를 먼저 생각하고, 기다려 줌으로써 상대에게 시간을 선물할 수 있는 사람. 나를 기다려 주며 속도를 맞추어주는 사람의 소중함을 절실히 느끼는 순간이 생기기 마련이다.

살다 보면 사람마다 자신에게 맞는
방향과 적당한 속도가 있다는 것을
알게 되는데 그 방향을 존중하고
속도를 배려할 줄 아는 사람이
진짜 착한 사람이고 좋은 사람이다.
타인의 방향을 존중하기 위해서
다양한 분야에 지식을 가지고 있고,
타인의 속도를 기다려 줄 수 있는 마음의 여유가 필요하다.
타인의 방향을 존중해 주는 건
단순한 무관심과 이해심이 아니다.
대화 몇 번으로 참견한다고 정해지는 것도 아니다.
'내가 이미 해봐서 아는데, 너를 위해서 하는 말인데,
니가 잘 몰라서 그러는데'같은 말로는 불가능한 존중이다.

. . .

말 한마디로 정해질 만큼
한 사람의 삶의 방향은
하찮지 않다.

그러니 누군가의 삶의 방향에 대해 애기할 때는 아무런 판단이 없는 대화를 해야 한다. 조용히 들어주고 공감해 주기만 해도 그 사람이 삶의 방향을 정하는데 함께 했다고 말할 수 있다. 삶의 방향을 정하는 건, 매일매일 바뀌는 방향에 스스로 잘 적응한다는 뜻이기도 하니까.

잘 기다릴 줄 아는 착한 사람은 상처를 많이 받지 않은 사람일 수도 있다. 배신당해보지 않아서, 배신이라는 상처가 얼마나 아픈지 잘 몰라서, 곱게 자란 사람은 착한 사람으로 보이기 쉽다. 우리는 누구나 배신당할 수 있고, 누구나 상처가 있고, 그래서 너무 힘들지마라는 위로를 한다. 그러나 이성적으로 생각해 보면 배신당하지 않고, 상처받지 않고 사는 사람은 꽤 똑똑한 사람이고 준비를 많이 한 사람이다. 배신 없이, 상처 없는 사람이 착하게 살기 좋다면 똑똑하게 준비를 제대로 한 사람이 착한 사람이고, 좋은 사람이 될 준비가 된 사람이라 할 수 있다. 나누어 줘보고 배신당하지 않아 본 사람은 다시 나누어 주기 쉽다, 나누어 주고 배신을 당한 사람은 베풀어봤자 소용없다는 부정적인 감정을 알게 된다. 마음을 줘봤자 소용없다는 허무함에 익숙해지면 배신이라는 부정적인 감정을 알게 되고, 부정적인

감정의 반복은 학습되어 뇌리에 박히고 상처가 된다. 물론 사람
은 살다 보면 좋은 일도 생기고 나쁜 일도 생기기 마련이다.

내가 선택할 수 있고
대비할 수 있다면 참 좋겠지만
어차피 좋은 일과 나쁜 일은
노력에 적당히 비례하는
랜덤일 수밖에 없다.

사람은 좋았던 감정을 기억해야 그 일을 다시 하게 된다.
착한 일을 하고 남았던 좋았던 기분을
잘 기억해야
착한 마음을 계속 유지할 수 있다.
좋은 마음을 보였지만
인정받지 못하면
다시 좋은 마음을 보여주기
힘들어진다.
누구나 그렇다.

♡

♡

♡

힘들게 새로운 것 찾아 헤매지 말고
기억하고 추억하면서 있는 행복 꺼내봐요

인내심과 착한 마음의
상관관계

착한 사람을 찬찬히 들여다보면 잘 참아내고 인내심에 최적화된 성격인 경우가 많다. 인내심을 착한 마음의 전제조건이라고 해야 하나. 어쨌든 착한 마음에는 어느 정도의 인내심이 요구된다. 바꾸어 말하면 인내심이 있으면 착한 사람으로 포장되기 좋다. 인내하는 성격은 타인을 재촉하지 않고 기다려 주기에 상대를 편하게 해준다. 좋은 마음으로 대하겠다는 의도가 아니더라도 착한 척하기 편하고, 잘 참고 있는 사람을 보면 착한 사람이라고 오해하는 경우가 많다. 오해하는 측, 즉 속는 사람이 끝까지 모르고 상황을 잘 지나갔다면 속였다고 할 수도 없으니 일상생활을 하는 데 전혀 문제가 되지 않고 사회생활에는 유용하다. 요즘처럼 가벼운 관계를 요구하는 개인주의 시대에는 오히려 갈

등을 피해갈 수 있는 좋은 방법이기도 하다. 불합리하다고 생각해도 적당히 참고 넘어가고, 작은 문제를 큰 문제 삼지 않으며, 오직 기분이 상하는 것만 문제라면 그 시간을 조용히 인내하는 사람이 있어서 인내의 총량을 누군가 책임진다면 순간이 잘 지나간다.

어떤 일이 잘 끝났다고 생각하는 기준은 사람마다 다르다. 누군가는 목표를 달성해야 잘 끝났다고 생각할 것이고, 또 누군가는 별다른 사고 없이 무탈하기만 해도 잘 끝났다고 한다. 그 일을 진행하면서 사랑하는 사람을 만났다면, 혹은 좋은 경험이 되기만 해도 일의 성과와 상관없이 잘 끝났다고 생각할 수 있다. 지금 당장은 정말 별일 아니었던 일이 시간이 지나고 나서 대단하게 느껴지기도 하고, 지금은 나를 힘들게 했던 일이 나중에는 좋은 일이 되어 돌아오기도 한다.

결과는 언제나 생각하기 나름이고
시간에 따라 달라진다.

착한 사람

그러니 우리에게는 기다림이 필요하고 인내하고 기다려 봐야 한다. 기다림과 인내심으로도 착한 마음을 표현해야 한다. 별일을 별일이 아닌 일로 받아들이고, 감정적으로 놀라기보다 이성적으로 해결할 방법을 무던하게 생각할 수 있으면 착한 사람으로, 좋은 사람으로 살 수 있다.

어떤 일이 있을 때 작은 일에도 호들갑을 떨면서 자신이 세상에서 가장 힘들다고 동네방네 소문내는 사람이 있는 반면에 큰일도 대범하게 생각하고 성실하고 정직하게 대처하는 사람이 있다. 가끔 지금까지 참아왔다며 자신에게는 나쁜 일만 생기냐며, 모아 두었던 감정을 한꺼번에 펑펑 울면서 쏟아내는 사람이 있는데 이런 사람은 인내할 줄 아는 사람이 아니다. 그저 부정적인 감정을 쌓고 있다가 한꺼번에 폭발시켜 타인을 힘들게 하는 미성숙한 사람일 뿐이다. 조용히 인내하고 성실하게 대처하는 사람과 두고 보자고 째려보고 있다가 한 번에 쏟아내서 타인을 당황하게 하는 건 엄밀히 다르다.

어떤 문제가 생겼을 때, 문제점을 벗어나 앞으로 누가, 무엇을, 어떻게, 언제까지 해야 하는지에만 집중하면 자연스럽게 해결책을 알게 된다. 내 앞에 닥친 문제점에만 빠져서 잘못된 이유를 찾다 보면 분노하게 되고 문제를 일으킨 사람을 미워하게 된다. 여러 사람이 함께 했다면 더욱 그러하다. 책임을 미루고 다른 사람에게서 핑계를 찾을 수 있으니까.

어떤 경우에도 여러 사람이 한 사람에게 같은 지적을 하는 건 옳지 못하다. 다수이기 때문에 생길 수 있는 힘을 생각해야 한다. 어떤 문제가 일어나면 문제점에 집중하지 않는 게 가장 중요하다. 문제점에 집중하지 않고 그 다음을 생각해야 해결책을 생각할 수 있다. 이미 일어난 일은 돌이킬 수 없으니 냉정하게 해결책을 찾는 게 좋다. '왜' 즉, 원인을 찾는 것도 방법이긴 하지만, 사람은 문제점을 찾다 보면 후회하고 분노하면서 부정적인 감정을 고스란히 다시 느끼게 된다. 어떤 문제를 해결하는 데 있어 부정적인 감정은 절대 좋은 영향을 줄 리가 없고.

문제를 해결하는 과정에서 자연스럽게 문제점과 잘못이 보인다. 사람은 잘못을 지적해주는 것보다 자연스럽게 느낄 때 더 잘못했다고 생각하기도 하고. 어떤 문제가 생겼을 때 누군가의 잘못을 지적하고 자책하는 것보다, 함께 해결해가면서 성장하는 게 더 좋은 과정이 될 수 있다. 과정이 중요한 이유이다.

사람은 그 어떤 때보다

이유를 납득할 수 없을 때 더 분노하기도 한다.

부정적인 감정은

사람의 시야를 좁게 만들면서

자책하게 하니 문제의 해결에 집중하면서

새로운 마음을 갖는 게 필요하다.

해결하다 보면 과거의 잘못은

자연스럽게 알 수 있게 된다.

· · ·

그래서 가끔은 가장 중요한 것이

시간을 버는 것이더라고.

힘들다고 말 못 하고 있었더니 착하다고?
그게 또 착한 척이라고?

진짜 마음이 착한 사람보다 우리는 착하게 표현하는 사람을
착한 사람이라 생각한다. 마음이야 어떻게 먹고 있든지 어쨌든
말로, 표정으로, 온몸으로 하는 표현으로 누군가를 착하다 혹
은 그렇지 않다고 말한다. 기어코 진심은 전해지는 것, 표정으
로 눈빛으로 대화로 마음을 표현하려 하기 때문이다. 친절한 사
람, 말투가 예쁜 사람, 웃음이 많은 사람, 다정한 사람에게 유리
하다. 따뜻하고 다정한 표현에 익숙한 사람들은 잘 알고 있다.
따뜻한 말과 표정, 타인을 배려하는 게 나 자신이 평온한 마음
을 유지하기에 좋고, 타인에게 하여금 긍정적인 표현을 하게 해
서 인간관계를 유지하는 데 유리한 위치에 설 수 있음을. 어떻
게 보면 사람을 만나는 데 있어서 착한 마음은 그렇게까지 중요

하지 않은 것 같다. '내가 보는 나'와 '남이 보는 나'가 다를 수밖에 없는 이유다. 사회생활을 하면 어느 정도의 배려와 예의를 장착하게 되어서 본인이 느끼는 착함의 정도보다 타인이 보았을 때 더 많이 착하다고 오해하는 경우가 많다. 나의 장점만을 기억해주는 것은 참 감사한 일이지만, 부담스러운 것도 어쩔 수 없다. 내가 나를 생각했을 때 그렇게 좋은 사람이 아닌 것 같은데, 주변에서 착하다는 말을 들으면 참 어찌해야 할지 이럴 땐 진짜 착한 척을 해야 하나, 원하지 않는 배려까지 해야 하나, 도대체 어디까지 참고 이해해야 하나 가치관에 혼란이 온다.

나는 어떤 사람인가,
내가 원하는 게 뭘까,
내 꿈은 뭘까에 대해서 생각해 볼 때
꿈을 직업에 한정하여 묶어 두지 않았으면 좋겠다.
지금은 어떤 생각을 하는지,
예전엔 어떤 생각을 했는지,
앞으로는 어떤 생각을 하면서
살 것 같은지 정도만 알고 있어도
충분하다.

예전에 카페에서 아르바이트를 한 적이 있었다. 나는 카페 아르바이트를 처음 하는 완전 생초보였고 함께 일하는 파트너는 10년 정도 한 베테랑이었다. 함께 일을 하면서 참 많이 답답하고 나이로는 내가 언니라 더 불편했을 텐데, 그 동생은 단 한 번도 나를 탓하거나 몰아세우는 일이 없었다. 늘 미안하고 고마워서 힘쓰는 일은 최대한 했는데 동생은 그거면 된다고 농담 반 진담 반으로 '자기 속에도 악마가 있어 욕은 속으로 하고 있으니 너무 미안해하지도, 고맙게 생각하지 않아도 된다' 했다. 동생의 속에 악마가 있었는지 없었는지는 전혀 중요하지 않은 나에겐 정말 좋은 사람이었고 멋진 선배였다. 동생은 시시콜콜 마음을 얘기하지 않아도 초보 아르바이트생의 고충을 제대로 알기에 받아들일 수 있는 사람이었다. 그리고 '잘하고 있다, 많이 늘었다, 최고다' 같은 칭찬은 잘 못하니 그런 기대는 하지 말고, 나의 속도대로 일에 익숙해지라고 했다. 모르는 걸 물어보면 언제든지 알려 주겠다고 친절하지 않은 말투로 말하면서. 10년 정도 카페 일을 하면서 그래도 열심히 하려는 사람은 이해하기로 했단다.

일을 제대로 안 하는 건 성실의 문제라 함께 일하기 싫지만, 일을 제대로 못 하는 건 시간이 지나면 나아지는 일이고 자신도 그러하였으니 어쩔 수 없는 일이라 했다.

함께 일하기에 정말 멋진 선배였다. 시크한 목소리로 솔직함과 따뜻함이 느껴지게 말하는 능력은 매력 터진다. 세상에 배우고 있는 사람에게 기다려 준다는 말만큼 배려하는 말이 또 있을까. 그러니 기다림의 필요성을 잘 아는 사람에게는 표현해야 알 수 있지 않냐고 다그치기보다는 오랫동안 함께하는 시간을 늘려서 속마음을 알아봐 주는 것이 중요하다.

일을 잘하지 못 하는 것과 일을 안 하는 것은 정말 많이 다르다. 사람에게 가장 중요한 '의지'의 차이다. 그럴 만한 의지가 있는지, 없는지로 한 사람을 완벽하게 표현할 수 있을 때도 있다. 누군가에게는 죽어도 하고 싶은 일이 있고 또 죽을 만큼 하기 싫은 일도 있으니까. 사람에게 의지와 표현이 그렇게나 중요하다.

표현을 잘 못하는 사람은 들여다봐야 한다. 표현을 잘 못하는지, 안 하는지부터 알아야 한다. 천천히 마음을 말하는 사람을 답답하다고 단정 짓지 말고 잘 들여다봐 주었으면 좋겠다. 물론 오래 걸리지만 억지로 확인하려 들지 않았으면 좋겠다. 기다리면서 나 자신도 누군가를 있는 그대로 존중하는 법을 배우게 된다.

잘 표현하지 못해도
천천히 다가오는 마음이 진심이겠노라고
생각해 보았으면 좋겠다.

오래 걸려도 기다려 보자고 말하면서 기다려 주었으면 좋겠다. 말을 잘 못하고 표현을 잘 못하는 사람을 지켜보는 게 답답하기도 한데, 사실 가장 괴로운 건 자기 자신이다. 표현을 잘 못하는 사람도 여러 방법으로 의사 표현을 한다. 타인에게 상처 주지 않았으면 하는 조심스러운 마음이 내 감정을 무시해도 괜찮다는 허락은 아니다. 작은 고개 저음이나 침묵도 의사 표현으로 숨소리도 다르고 콧구멍이 갑자기 커질 수도 있고 눈빛이 흔들리고 입술을 삐죽거리기도 한다. 표현을 잘못하는 사람은 가까워지는 데는 오래 걸리지만, 신뢰가 쌓이고 서로 다정해지면 마음이 느린 사람의 마음이 훨씬 더 잘 보인다. 마음이 느린 사람에게 마음이 닿는다면 그 자체가 아주 귀하기 때문에 오랜 시간과 정성을 들이며 서로에게 좋은 사이가 될 수 있다. 오래오래 섬세하게 마음을 들인 만큼 정이 들고 서로에게 착한 인내심을 보이는 좋은 사람이 되어줄 수 있다.

착한 사람과
쉬운 사람의 차이

제대로 착한 사람은 타인을 위한
자신만의 생각과 배려, 인내심이 있다.

다정한 말을 했을 때, 친절했을 때 내가 느낄 수 있는 따뜻한 마음과, 고마움을 표현하는 사람의 감정에 대해서 제대로 알고 있다.

어떤 행동을 하는데 얼마만큼 신경 써야 상대가 부담스러워하지 않는지, 얼마나 에너지를 쏟아야 나의 생활에 지장을 주지 않는지, 인간관계에 미칠 영향과 나에게 만들어질 이미지, 사람들과 관계의 미래 지향성까지 이미 잘 알고 있다. 일을 진행할 때, 인간관계를 만들어 갈 때 결과를 예측할 수 있다면, 당연히 결과가 좋은 쪽을 선택할 것이다. 혹시 내 생각대로 밀어붙이거나 거절하거나, 거절로 인한 상처와 죄책감까지 생각해 보고 얼마나 애써야 하는지, 언제 손절해야 하는지만 제대로 알아도 피곤하지 않게 살 수 있다.

얼마나 애써야 하는지, 얼마나 노력해야 하는지 알 수 있다면 아마도 애쓰는 사람도, 노력하는 사람도 더 많아질 거다. 똑똑하고 슬기롭게 착한 사람들은 마음을 쏟는다고 무조건 좋은 인간관계를 유지할 수 없고, 애쓰고 억지로 만들어 놓은 일은 금방 무너진다는 것을 잘 알기 때문에 여유를 가지고 포용하기 위해서 한 걸음 뒤에서 자신의 욕심을 조용히 조절할 수 있다. 많은 권력과 지위를 누리던 기업의 회장도 나이가 들면 조용히 살고 싶은 것처럼, 자동차 튜닝의 끝은 결국 순정이 되는 것처럼.

착한 사람이 많은 이해를 하고 사는 건 사실이지만, 그렇다고 무조건 쉬운 사람은 아니다. 착한 사람과 쉬운 사람은 분명히 다르다. 착한 사람이라고 무조건, 절대로 호구는 아니다. 착한 사람은 자신의 배려로 주변 사람들에게 관심과 사랑을 받지만, 쉬운 사람은 기준이 없고 결정과 판단에 주관이 없어서 사랑받을 수 없다. 기껏해야 불쌍한 마음으로 연민의 눈으로 바라보고 동정이라도 받으면 다행이다. 다른 사람들이 요구하는 대로 생각 없이 행동하고, 주체적이지 못하다. 알맹이 없는 말만 하면서 정작 하고 싶은 말은 못하고 눈치를 보느라 '노'를 외치지 않는다. 많은 사람들의 의견을 조율해야 할 때 참 무시하기 좋은 사람이다. 쉬운 사람이 호구가 되는 건 시간문제.

현명하고 제대로 착한 사람이 되기 위해서는 경험이 필요하다. 여러 분야에서 일해보고 다양한 배경지식이 중요하다. 한 가지 일을 꾸준히 해서 특정 분야에 전문적인 지식을 가지고 있는 것보다 여러 분야에 속해서 얕지만 넓은 지식을 가지는 게 더 좋다. 전문적인 지식인 꼰대보다 우아한 할머니가 착하고 따뜻한 마음으로 살기 좋지 않을까. 특출난 전문성보다 얕은 상식적 지혜를 가진 사람이 더 착한 마음을 가지기 유리하다. 욕심을 그대로 드러내고 이기적으로 살다가 별의 별 일 다 겪어보니, 사는 거 별거 없고 어차피 억지로 곁에 두어도 다시 제 자리를 찾아간다는 것을 몸소 겪고 나면 적당히, 여유 있게 그리고 좋은 사람으로 사는 게 훨씬 이익이라는 것을 알게 된다. 물론 그동안 받은 상처를 잘 보내주고 트라우마를 남기지 않으며, 실수에 대한 반성을 잘 활용해야 한다는 전제가 있다. 그런 시간을 잘 보내야 비로소 단단해져 있고 강한 멘탈이 완성된다. 세상에 공짜는 없다.

착하고 편한 사람으로 남되 막 대해도 되는 쉬운 사람은 되지 말자. 착하게 살면 다른 사람들에게 베풀면서, 손해 보고 이리저리 치이고 자신의 시간과 돈을 빼앗기며 살 것 같아 불안하지만, 착한 사람과 쉬운 사람은 명확한 차이가 있다. 진심, 착한 마음에는 불안하지 않았으면 좋겠다. 착한 사람과 그냥 쉬운 사람, 그들의 차이점은 본인이 자존감을 가지고 중심을 잡고 있느냐, 그렇지 않느냐다.

'안'하는 것과 '못'하는 것은 명확하게 다른 것처럼 빼앗기는 것과 스스로 나눠주는 것은 확실히 다르다. 물리적인 마이너스 현상은, 두 개를 가지고 있는데 하나를 나눠줘도 하나가 남고, 두 개 중 하나를 빼앗겨도 하나가 남는다. 하지만 사람에게 적용되면 완전히 다르다. 여기에서 빼앗겼다면 불쾌한 감정과 남은 것을 더 뺏길지도 모른다는 불안이 남고, 나눠 주었다면 보람과 기쁨의 감정이 남는다. 마음을 나누었던 좋은 사람은 덤이다. 감정적으로 생각해 보면 뺏기는 거보다는 나눠주는 것이 나 자신에게 훨씬 유리하다. 자신의 것을 스스로 나눠주고 있는 사람은 착한 사람이지만, 뺏기며 살고 있으면 쉬운 사람이 된다. 가까이 서 잠깐 보았을 때는 금방 티가 나지 않지만 시간이 지나고 곁에 어떤 사람이 남아 있는지, 주변 사람들 때문에 힘든지 그렇지 않은지 따져보면 깨달을 수 있다.

사회생활도 그렇다. 회사를 다니면서 오직 회사만이 살길이고 유일한 수익처라면 출근길이 그렇게 불행할 수가 없다. 어쩌면 회사는 회사 자체가 힘들고 견뎌야 하는 곳이 아니라, 회사가 유일한 돈벌이여서 더 힘들게 느껴진다. 그만두고 싶은데 당장 갚아야 할 카드값과 무거운 책임감으로만 회사를 가야 한다면 정말 불행할 수 밖에 없고, 회사도 나를 쉽게 볼 수 있다. 하기 싫은 일을 억지로 해야 하는데 일이 잘될 리가 없다. 재밌게 즐기면서 일하는 사람을 이길 수 없다. 그렇게 억지로 일을 하다가도 5년, 10년 똑같은 일을 반복하게 되면 결국은 잘하게 되긴 하지만, 그동안의 나는 얼마나 힘들었을까. 그 시간들을 보상받고 싶진 않을까. 그러나 스펙을 가지고 언제든지 다른 대안이 가능하고 본인의 업무에 쉽게 대체 될 수 없다면 회사는 나를 쉽게 보지 않을 것이다.

세상을 보는 시선의 중심점을 바꾸자. 세상을 동그랗게 보고 하루의 중심점에 중심을 잡고 서 있자. 중심을 잡을 줄 아는 착한 사람이 되어서 자신만의 주관을 가지고 똑똑하게 착하게 살아가자. 중심이 없는 사람은 정말 한 끗 차이로 쉬운 사람이 되어버릴 수 있다. 무엇이든 하기 싫은 일을 미루어도 되는 사람 말고, 좋은 것을 나누고 함께 성장하고 싶은 사람이 타인에게도 착한 사람이 되어줄 수 있다. 자신의 주관을 잘 이해시키면 쉬운 사람이 되지 않고 존중받을 일이 더 많다. 자신만의 확고한 기준을 세우고 다른 사람들에게 친절히, 그리고 단단하게 잘 설명할 필요가 있다. 여기서는 대화가 가장 중요한데,

상대의 마음이 상하지 않게 조심해 달라는 부드러운 경고도 할 줄 알아야 한다. 경고를 하면 관계가 틀어질까봐 걱정하는 사람이 많은데 오히려 나의 기준을 알면 상대도 나를 대하기 쉽다. 나와의 관계를 유지하기 위해서 해야 할 일과 하지 말아야 할 일을 쉽게 결정할 수 있으니까. 나 또한 나에게 하지 말아야 할 일을 계속 강요하는 사람과의 관계는 끊으면 되는 거니까. 아무리 복잡하고 냉정한 현실이라고 하지만 진심이 있는 대화는 통하고 진심은 남아 있다. 여전히 착한 사람과 호구를 구

분하지 못하는 사람이 많지만 나만의 확실한 기준이 있고 타인을 위한 배려를 하면서 행복함을 느끼고 있다면 크게 걱정할 것 없다.

. . .

내가 나를 판단해 봤을 때
사회생활을 잘 해나가고 있는데,
나를 호구로 본다면 그건
그 사람의 인격 문제이지 내 문제가 아니다.
손절을 배우고 실행할 타이밍이다.
잘 배워서 제대로 잘 손절하자.

♡

♡

♡

꾸준히 오래하고 있으면
잘한다고 말해도 돼요

좋은 것을 나눠 주고 싶은 사람과
힘들 때 기대고 싶은 사람

좋은 것을 같이 하고 싶은 사람과

힘들고 어려울 때 기대고 싶은 사람은 다르다.

　좋은 것을 같이 하고 싶은 사람은 함께 웃고 함께 놀면서 함께 시간을 즐기고 싶은 사람이고, 힘들고 어려울 때 생각나는 사람은 의지하고 싶은 사람이다. 보통 재미있는 사람과 놀고 싶고, 성숙하고 잘 들어주는 사람에게는 상담하면서 기대고 안정을 얻고 싶다. 재밌게 해주면서 기대고 의지할 수 있는 사람이 있으면 좋긴 한데, 그렇게 완벽한 사람이 세상에 어디 있으랴. 때론 친구처럼 때론 가족처럼 또 때론 내 시간을 존중해 주면서 나를 사랑해 줄 사람을 원하는 건 욕심이고 누군가 곁에서 그렇게 있어 준다면 그 사람은 분명 금방 지쳐서 멀어지고 만다. 완벽한 사람이라고 나와 잘 맞다는 보장도 없다. 완벽하게 보이던 사람도 언젠가는 부족한 점이 보일 테고. 그런데 우리는 보통 이렇게 기쁜 일과 슬픈 일을 함께 보내고 싶은 사람이 그 순간에 가장 사랑하는 사람, 한 사람이다.

우리는 보통 한 사람에게 기쁨을 축하해서 두 배로 만드는 기술과 슬픔을 반으로 나누는 기술을 다 요구한다. 우리는 사랑하는 사람의 표현이 서툴거나 부족해서 서운할 때도 있는데, 어쩌면 한 사람에게 너무 많은 것을 원하고 있을지도 모른다. 좋은 엄마만 되는 것도, 좋은 연인이 되는 것도, 좋은 친구가 되는 것도, 한 가지만 해준다는 것도 쉬운 일은 아닌데 몇 가지의 역할을 원했고 상대는 버거워했을지도.

그러니 진심을 알 수 있는 사이라면
어설프고 표현이 작은 거에는
서운해하기 말기로 하자.

착한 사람도 좋은 마음을 지키기 위해서 노력하고 있지 않을까. 마음을 지키는 건 노력이 필요한 일이다. 세상에 노력 없이 알아서 잘 되는 일은 없다. 사람들이 운이라고 말하는 것들도 어떻게 보면 많은 노력을 쌓으면서 잘 해결될 확률을 높여가는 과정이다. 그래서 운도 실력이라는 말도 있다. 착하기 위해 노력한다는 건 어쩌면 실제로 마음은 착하지 못한데, 가끔은 나만을 위한 선택을 하고 싶은데 착한 척하고 있는 것이지만, 무던한 노력을 쌓아 좋은 마음으로 사는 것도 의미 있고 가치 있는 삶을 만들어 가는 과정이지 않을까.

사랑받으며 사는 건 삶에 활력소가 되고 행복하게 해준다. 하지만 어차피 세상 모든 사람이 나를 사랑하고 아껴주진 않는다. 나 또한 세상 모든 사람을 사랑할 수 없고 그러기에 사랑 앞에서는 더 사랑하는 사람이 생기고 덜 사랑하는 사람이 생기는 건 어쩔 수 없다. 우리는 많은 사람에게 사랑받고, 사랑하고, 또 사랑받고 싶은 사람들과 함께 살아가는데 일방적으로 나에게 사랑받으려 하고 기대려고만 하는 사람이 있다면 삶이 부담스럽다. 사랑이란 건 일방적이면 결말은 행복하지 못하다. 그래서 따뜻하게 사랑하고 사랑받아야 하고 착한 사람은 그 부담을 묵묵히 감당하며 누군가에게 기대고 싶은 사람이 되어준다.

기쁜 일이 있을 때 생각나는 사람보다 우리는 힘든 것을 함께할 사람이 필요하다. 기쁜 일이 있을 때 느끼는 외로움, 약간의 쓸쓸함은 훌훌 털어내 버릴 수 있어도 힘든 일이 있을 때는 외로움은 참을 수 없는 고통이다. 힘든 것을 함께 해줄 사람은 삶 속에 숨어있는 다행들을 함께 찾아주면서 힘든 일을 함께 나누고, 일상 속의 다행을 찾는 것이 얼마나 소중한 일인지 알면서 어른이 되어가기도 하고.

　다정한 마음으로 함께 일상 속의 작지만 소중한 다행을 찾아줄 사람은 그 자체만으로 소중한 사람이다. 살면서 마음을 주고 싶은 사람과 받고 싶은 사람, 지켜주고 싶은 사람 혹은 의지할 수 있는 사람에 대해서 찬찬히 생각해 보면 내가 어떤 사람에게 의지하고 안정감을 느끼는지 알 수 있다. 안정감은 좋은 일을 함께 할 사람보다 기댈 수 있는 사람이 있을 때 더 느낄 수 있다. 편안함은 일상에 자연스럽게 스며들어 나를 사랑해 주는 사람의 마음을 잘 모르는 경우가 많다. 단순히 믿고 신뢰하고 착한 마음에는 금방 익숙해지고 당연해져서 받는 사랑에 대한 소중함을 잘 잊고 산다. 그러면 안 되는데 분명.

없어져 봐야
겨우 사랑임을 깨닫는
어리석음으로 마음을 받지 말길.
착한 사람을 만만하게 보지 말길.
착한 사람 당연시하다가
잃고 후회하지 말길.

착한 사람은
없다

어차피 사람은 한 단어로 표현될 수 없다.
사람을 한 단어로 표현하지 않았으면 좋겠다.

비교하지 말고 판단하지 말고 분석하지 말고 사람을 말했으면 좋겠다. 사람에게는 머리끝부터 뒤꿈치까지 생김새가 있는데 얼굴이나 몸매라는 단어로 표현하지 않았으면 좋겠다. 사람의 성격도 한 단어로 말하려면 그때의 상황과 태도까지 다 설명했으면 좋겠다. 이렇게까지 할 수 없다면 사람에 대한 쉽고 가벼운 평가는 아예 하지 않는 걸로.

세상을 살면서 꼭 알아야 하는 것들 중에서
아무리 배우고 외워도 잘 모르겠고
이해되지 않던 것들이 우연히,
자연스럽게 알게 되는 그런 날이 온다.
그중에 가장 크고 대단한 깨달음이 사람에 대한 것이더라.
어떤 사람을 알고 이해하고 사람에게 배우며 살다 보면
그냥 자연스럽게 어느 순간에 알게 된다.

세상은 교과서 이론을 배워서
사회생활에 이론을 적용하면서 사는 게 아니라,
나 스스로 알아야 할 것, 사람에게서 배워야 할 것,
아이들에게 배워야 할 것, 어른들에게 배워야 할 것,
기쁘면서 알아야 할 것, 슬프면서 알아야 할 것,
지켜주면서 알아야 할 것, 사랑하면서 알아야 할 것,
보내주면서 알아야 할 것들이 더 많다.
잘 보이려고 한다고 잘 봐주는 것도 아니고
다가가려고 한다고 가까워지는 것도 아니다.
멀어지려 다짐했다고 하루아침에 끝나는 인연 같은 건 없다.
사람과 사람이 그렇다.

그냥 좋은 사람이라고 말하고 소중한 사람이라는 한마디 안에 얼마나 많은 뜻이 담겨 있는지는 직접 살아보며 겪어봐야 알 수 있다.

　결국 착한 사람은 없다. 모든 사람을 착하게 대하는 사람은 없고 그래서도 안된다. 다들 살아보면서 알게 된 학습효과로 적당히 사회가 정해놓은 룰을 지키고 마음은 아니더라도 배려하면서 산다. 가끔은 마음에도 없는 말을 하고 나쁜 마음을 먹어도 상대에게 상처 주지 않으려 적당히 착한 척하면서 가족을 지키고, 소중한 사람을 지키며 나 자신을 지키고 버틸 뿐이다. 하고 싶은 것 많고 갖고 싶은 것 많은 사람이 착한 척까지 하면서 살아야 하니 우리의 삶이 피곤할 수밖에 없다.

. . .

어쨌든 착하게 살려면
세상을 좀 더 유리하게,
착하게 살고자 한다면
내가 직접 정한 착함의 테두리 안에서
가장 먼저 나 자신에게 착하게 굴어야 한다.
그래야 타인의 존중을 받으며
매력 있는 사람이 될 것이다.
나만의 매력이 있다고,
나 스스로 인정해야
그게 진짜 제대로 된 시작이다.

02장

그래서 착하게 살아갑니다

♡

♡

♡

착한 게

밥 먹여주니?

100등도 1등에게 할 말 있습니다
못할 뿐입니다

어렸을 때는 욱하는 사람을 말릴 일이 많았고 할 말을 똑 부러지게 하는 사람이 멋있어 보였다. 부러질지언정 휘어지는 사람은 되지 않으려고 다짐하며, 하고 싶은 말은 똑부러지게 했더니 어느샌가 주변에서는 나를 부담스러워하는 사람이 많아지고 센 여자, 독한 여자가 되어 있었다. 아, 친구보다 적이 주변에 더 많이 남아있던 것 같기도 하다. 사회생활을 한 이후로는 제대로 된 친구를 사귀지 못했고. 나와 의견이 다르면 틀렸다고 말하고 경쟁해서 이기려고만 했으니 나를 동료가 아니라, 그저 경쟁상대로만 보았을지도 모르겠다.

좋은 인간관계를 만들지 못했던 건
내 감정을 존중하면서 살았고

내 감정만 존중하면서 살았고

감정을 표정으로 태도로 나타내면서

하고 싶은 말을 다 하고 살았음을 반증하는 건지도 모르겠다.

특히, 직장에서 제대로 인정받지 못했다면 감정을 섞어서 하고 싶은 말을 다 하고 살았는지, 표정으로 생각이 그대로 나오고, 태도로 기분을 표현한 건 아닌지 생각해봐야 한다. 내 얘기를 들어주지 않는 사람에게 언성을 높이는 방법으로 내 말을 듣게 했다면 함께 대화할 수 있는 사람보다 주변에는 이겨야 할 경쟁자만 남아있다.

말투가 다정하지 못했고 듣는 사람을 배려하지 않았다면 더더욱 그렇다. 결국 다 내가 만들어 놓은 결과들이고 내 말투와 표정, 태도가 만들어 놓은 관계들이다. 어차피 인생은 혼자이고 사회생활은 당연히 외로운 거라고, 괴로운 것보다 외로운 게 더 낫다고 생각했었는데, 너무 외로우면 괴로움이 궁금해지고 그렇더라.

마흔을 앞두고 보니 그렇게 하고 싶은 말 똑부러지게 하던 사람들은 다 어디 갔는지 없고 참고 살다가 속병 난 사람이 더 많다. 나만 참으면 조용히 지나가는 일이 많아서 나만 참으면서 산 거 같은데, 주변엔 참고 사는 사람들 투성이다.

다들 각자 자기만의 방법으로 인내하면서 하루를 살아내고 있나 보다.

왜 할 말도 못 하고 사냐구요? 그래서 한심하다구요?

왜냐하면, 살면서 인내심의 필요성을 절실히 깨닫고 겨우 성숙해져서 할 말을 준비할 수 있게 되었는데 이제는 말할 기회조차 없다. 살면서 하고 싶은 말을 할 수 있는 기회가 점점 더 없어진다. 사람들이 SNS에 사진을 올리고 글을 쓰고 유튜브를 제작해서 각자의 하고 싶은 말을 전하는 건 어쩌면 각자의 방법으로 숨을 쉬는 방법을 터득한 거다. 이렇게 하지 말아야 할 게 많은 세상에서 하고 싶은 말을 하고 보고 싶은 것만 보고 듣고 싶은 것만 들으면서 겨우 자유롭다고 느끼는 지도.

내가 참아야 세상이 조용히 돌아가는 것 같은 느낌과 기분은 잘 틀리지 않는다. 사람은 살다 보면 보통 직업에 따른 생각을 많이 하게 되고 한 방향으로 너무 똑똑해지기 마련이다.

특별한 재능이 없어도 한 가지 직업을 가지고 10년 정도 하면 그 누구보다 잘하게 되는데, 사실 한 가지 일을 10년 동안 하는 것 자체가 특별한 재능이다. 한 가지 일을 10년이나 하는 건 초등학교 3학년이 대학생이 되는 것만큼 정말 엄청난 일이다. 몸소 직접 만든 자신만의 전문성으로 할 일을 해내고 여러 책임감으로 살면, 다른 분야에 있는 사람들과 자연스럽게 대화하는 게 힘든 건 어쩔 수 없는 현실이다.

다들 자신의 자리에서 최선을 다해서 다양한 분야의 사람들과 대화하기 힘든 꼰대가 되어가는 거다.

심지어 사회에서는 하고 싶은 말을 다 하지 말아야 한다고 배운다. 내가 하고 싶은 말보다 상대가 듣고 싶은 말, 상황에 맞는 말을 해야 한다. 눈치를 잘 보고 상황에 맞게 해야 할 말을 잘하는 게 사회생활을 잘하는 방법이고, 말을 아끼고 들어주면서 공감하라고 한다. 남의 말을 들어주면서 공감하는 것이 성숙한 사회생활이고 심지어 침묵이 금이라는데 참, 그럼 머릿속을 맴도는 하고 싶은 말들은 어떻게 해야 하고, 말은 잘난 사람만 하고 옳은 말만 해야 한단 말인가.

말을 많이 할수록 말실수하기 좋으니 말수를 줄이는 것이 좋다 하고 들어주고 침묵하는 것이 가장 좋은 공감하는 방법이라고 한다. 왜 말실수를 하지 않을 방법으로 '말을 줄이거나 하지 마'라고 하나.

실수한 말은 말 그대로 실수이니까
이해해 주자고 말해주고 싶다.
작정하고 나를 힘들게 하는 사람은 잘라내는 게 옳지만,
실수는 따뜻하게 용서해 주고 이해해 주면서
한 걸음씩 좋은 사람이 되는 게 나는 더 좋다.
상대방의 실수는 한 번쯤,
아니 두 번까지는 용서하고 받아들이면서
같은 실수를 하지 않도록
섬세하게 얘기해줄 수 있는
능력을 가진 사람이고 싶다.

이해와 용서를 반복해야 부정적인 감정을 잘 보내주는 연습이 되고, 나 또한 같은 실수를 반복하지 않는 연습이 될 텐데 실수한 사람을 한 번쯤은 이해하도록 노력해야 한다고 가르쳐야 하지 않나. 나쁜 의도 없이 한 말에 상처받지 않고 오해 없이 대화하는 법을 함께 생각해 봐야 하지 않을까.

대화란, 두 사람 이상이 서로 하고 싶은 말을 하며 이야기를 만들어 가는 것이다. 서로에게 생각을 전달하며 의미를 담고, 우리는 대화를 통해 가까워지기도 멀어지기도 하며 인간관계를 만들어 간다. 말에 서로 같은 의미를 담고 따뜻한 말투와 다정한 눈빛으로 대화해야 진짜 대화를 할 수 있는데 하루에 아무리 많은 말을 해도 한 번도 제대로 된 대화를 하지 못하는 사람도 많다. 대화를 해도 의미가 통하지 않게 되면 벽에 대고 하는 혼잣말이 되고 서로 다른 입장에서 감정적으로 목소리에 힘이 들어가면 다툼이 되는데 이런 상황은 진짜 대화라고 할 수 없다.

하고 싶은 말만 다 하고 살 수 있어도 많은 사람들의 혈액순환이 원활해지고 면역력이 향상돼서 국민 전체의 몸과 마음의 건강이 증진될지도 모르지만, 필터링 없이 정말 하고 싶은 말을 다 내뱉고 사는 사람들은 아마 혼자 살아야 할 거다.

그래도 하고 싶은 말을 다 하고 살면 정신 병원 앞에서 우울과 걱정, 마음의 아픔을 호소하는 사람들 중 절반 이상이 멀쩡한 사람이 되지 않을까. 누군가 그랬다. 정말 감옥에 가거나 벌을 받아야 할 사람들은 사회에 숨어서 다른 사람들을 힘들게 하면서 멀쩡하게 살고 있고, 병원을 가보면 그런 사람들에게 상처받은 사람들이 치료를 받고 있다고. 상황 파악을 잘하고 말을 조리 있게 잘하는 사람은 그래도 좀 낫다. 익숙해지는데 느리고 분위기 파악 잘 못하고, 표현까지 잘 못하는 사람에게 늘 사회는 버겁게 느껴진다. 아이러니하게도 그런 사람들은 '사람 참 착한데'라는 말을 듣는다. 그냥 표현하지 못할 뿐인지도 모르지만, 마음과 진심, 습관과 태도, 이미지와 실제가 일치하지 않는 사람은 착하고 좋은 사람이 아닌 것만 같다.

사람들은 한 사람의 깊은 곳을 들여다보려는 의지는 별로 없으니까.

최고를 좋아하는 세상에서 사람들은 1등이라는 사실에만 집중하고 1등이 해낸 노력은 잘 보지 않으려 한다. 어떻게 1등이 되었는지 얼마나 노력했는지 얼마나 애썼는지, 힘듦의 깊이에 진심으로 공감하진 못한다. '대단하다, 최고다'라고 칭찬은 해도 애썼을 시간을 다독이면서 노력의 시간 동안 밥은 잘 먹었는지, 아프진 않았는지, 잠은 잘 잤을지 걱정하진 못한다. 1등과 100등을 비교하지 않고 비난하지 않아야 100등이 1등의 수고를 자연스럽게 성실하게 궁금해할 수 있다. 100등이 1등을 질투하지 않고 시샘하지 않는 세상이 되었으면 좋겠다. 성실하고 따뜻하게 1등을 궁금해하는 건강한 100등이 많았으면 좋겠다.

　다양한 도전이 허락되어서 여러 번 100등 해도 좌절하지 않고 자연스럽게 다른 도전을 생각할 수 있었으면 좋겠다. 다양한 100등이 웃으면서 진심으로 1등을 축하해 주는 사회가 되었으면 좋겠다. 1등을 질투하지 않고 1등의 노력을 존경할 기회가 존중되었으면 좋겠다.

　　• • •

　존중과 존경, 축하가
　착한 마음으로 인정받고
　당연히 통했으면 좋겠다.

1등이 100등에게
보여야 할 착함

우리는 무의식 중에도
많은 줄을 서면서 살고 있다.

　줄을 서고 기다리고 인내하며 살고 있다. 특별히 착한 일을
해야겠다고 의식하지 않아도 조용히 기다리면서 자연스럽게 사
회에 섞이기 위해서 정해진 룰을 지키는 시스템에 익숙해진다.
우리가 규칙을 지키고 타인을 배려하면서 기다리는 건, 그것만
으로도 이미 착하게 살고 있다는 증거다. 버스를 타기 위해 줄
을 서고 카페에서 커피를 주문할 때도 줄을 서서 도착한 순서대
로 주문해서 음료가 나오기를 기다린다.

　초등학교 때도 이름 순서대로 줄을 세웠고 키 순서대로 번호
를 매겼다. 지금은 어색하긴 하지만 이름보다 번호로 불리던 시

절도 있었다. 몇 학년 몇 반 몇 번, 이름보다 나를 잘 표현하던 숫자다. 친구들과 가족들은 이름을 불렀지만 선생님은 번호를 불렀다. 초등학교 때 "33번 숙제해 왔니?"라는 질문이 아직 생각이 난다. 그래서 요즘 우리는 쉽게 이름을 포기하고 숫자에 묻히는 데 익숙해서 아이디에 숨어 댓글을 다는지도 모르겠다. 6학년 1반에도, 2반에도 내가 아닌 다른 33번은 있는데 그때의 나는 다른 사람과 구분되는 듯, 구분되지 않는 당연한 33번이었다.

대학교를 다닐 때는 강씨 성을 가진 사람은 출석을 부르자마자 자리에 앉아있어야 했고 허씨의 경우에는 여유롭게 강의실에 들어와도 되었다. 그렇게 줄 세우는 운명은 시작되어서 대학교를 들어가 보니, 우리 과에 김현주는 한 명 더 있어서 나는 김현주A였다. 혹시 시험 칠 땐, 내 시험지와 김현주B의 시험지가 바뀌진 않을까 이상한 걱정을 하곤 했다.

그런 줄 세우기가 답답했을까. 초등학교 때 키 순서대로 줄을 설 때부터 까치발을 세워서 조금이라도 커 보이고 싶었다. 원래의 나보다 더 나아 보이기 위한 노력의 시작이었다. 사람은 몸이 성장하는 속도가 다 다르고, 초등학교 때의 키는 먼저 성장한 것뿐이지만, 어린 마음에 먼저 성장한 친구들이 부러웠다.

내 생일은 항상 여름 방학이었는데 학기 중에 생일이라 축하를 받을 수 있는 친구들이 부러웠고 따뜻한 봄에 태어난 친구들이 더 예뻐 보였던 건 기분 탓이겠지.

뭔가 유리하게 타고난 사람이 부러웠다. 요즘은 타고난 것이 많은 사람을 '금수저'라고 부르면서 태어날 때부터 당연한 차별을 말한다. 어렸을 때 키 큰 아이를 부러웠던 마음보다 훨씬 격차는 심해졌고 구체적이면서 범접할 수 없는 부러움의 대상이 되었다. 키 정도야 까치발로 꼼수가 가능했고 꼼수가 통하면 기분이 좋고 통쾌했는데 성인이 되어서는 더이상 나 혼자만의 꼼수는 통하지 않음을 뼈저리게 느끼게 된다.

난 2등을 좋아하는 사람이지만, 1등은 뭔가 부담스럽고 내가 다리 뻗을 자리가 아니라고 생각하지만 2등을 좋아한다고 말하려면 부차적인 설명이 많이 필요했다. 내 감정이고, 내 마음인데도 다른 사람들을 설득해야 할 때가 많았다.

여전히 2등이 좋지만,
아니 2등의 편안함이 좋지만,
어쩌면 부담감이 두려운 나의 선택이지만,

경쟁하지 않고 편하고 싶은 소박한 욕심이지만,
1등이 되려고 애쓰지 않아도
어쨌든 꼴찌가 되고 싶지는 않았다.
세상에는 1등이 되려고 노력하는 사람도 있고
꼴찌가 되지 않으려고 노력하는 사람들도 있다.

　1등이 되려고 노력하는 것도, 꼴찌가 되지 않으려고 노력하는
것도 사람마다 다른 삶의 방식일 뿐이니 둘 다 존중받았으면 좋
겠다. 그들이 존중받기 위해서 모두 존중해줬으면 좋겠다.

　열심히 노력해서 1등이 되어도, 대단하다, 수고했다, 고생 많
았다고 노력을 인정받기보다 자만하지 말고 현실에 만족하지 말
고 안주하지 말라는 말을 더 많이 듣는다. 또 꼴찌가 되어서 마
음고생 하는 사람에게 더 열심히 하란다. 다음에는 더 잘할 수
있다고 격려한다. 그 사람에게는 그게 최선이고 죽을 만큼 노력
한 결과일 수도 있고, 자신과 맞지 않는 길이라 판단해서 아무
노력을 하지 않았더니 꼴찌가 되어 있을 수도 있다. 정말 자신의
재능과는 맞지 않아서 능력이 아니라 방향이 틀린 것 같은데 무
조건 더 노력하라면서 더 분발하고 다음에는 더 잘하란다.

어느 정도 잘하는지도 모르면서

'더' 잘하라는 칭찬, 위로, 응원, 격려가 가능할까.

방향이 틀려 고민하고 있는 사람에게

무조건 더 노력해 보라는 말보다는

쉬어가라는 말이 필요하지 않을까.

나만 아는 나만의 방향은 각자에게 모두 다르다.

나 말고는 아무도 모르는,

나만 알아서 나만 찾아갈 수 있는 길이 있다.

착하고 따뜻한 마음으로 같이 쉬었다가

너만의 방향과 너만의 길을

함께 생각해 보자고 해야 하지 않을까.

어차피 1등이 있으면 끝에 서는 사람도 있어야 한다.

시작이 있으면 끝이 있는 것처럼.

최소한 끝에 서 있으면

무조건 불행하다는 생각은 아무도 하지 않는

세상이 왔으면 좋겠다.

많은 사람들이 꼴찌에 서 있는 사람도

착하고 사랑스러운 눈으로 볼 수 있는

재능이 생겼으면 좋겠다.

착한 척
준비 완료

무조건 착하게 살아가고자 함은 아니다.
착하게 살라고 강요하는 것도 아니다.

　무조건 착한 척, 좋은 사람인 척, 괜찮은 사람인 척 연기하면
서 가면을 쓰고 살라는 건 더더욱 아니다. 보통의 일상이 평온
하기 위해서는 억지로 마음을 만들어 내지 않으면서, 오늘 한
일을 잘 마무리하고 편안하게 잘 잠들어서 내일 아침은 가뿐하
게 시작할 수 있는 마음의 준비가 필요하다. 잠들기 전에 아무
걱정 없고 아침에 일어났을 때 아무 일 없는 건 참 다행이고 소
소한 행복이다.
　좋은 사람이 되겠다, 좋은 어른이 되겠다는 다짐은 지금 당장
은 나를 위한 일보다 다른 사람을 위한 일이기도 하고, 다른 사

람을 위하는 마음을 쌓고 나눠주면서 결국 좋은 사람들 틈에서 좋은 나, 좋은 어른이 되는 과정이다.

마음을 쏟을 사람이 있다는 게 얼마나 감사한 일인지는
지독하게 외로워 보면 금방 알 수 있다.
아니, 나이가 들기만 해도 쉽게 알 수 있다.
그렇게 성장하면서 나이를 먹어야
누군가의 지적질로 억지로 태도를 바꾸는 게 아닌,
스스로 나의 태도를 돌아볼 여유가 생긴다.
일상에서 도피했다가 제자리로 돌아와서
예전에 느꼈던 외로움을 다시 느끼지 않으면
그 시간을 잘 보냈다고 생각하면서,
진짜 내 자리를 깨닫게 되기도 한다.
같은 자리에서 기다려 주는 사람의
소중함은 떠나봐야 알기도 하고.

나 또한 사랑하는 사람이 생겼을 때, 그 사랑을 지키기 위해서 좋은 사람이 되어주겠다, 좋은 어른이 되어 줘야겠다는 다짐을 했었다.

살다 보니 누군가를 사랑하기만 해도
알 수 없는 것들이 상상할 수 없을 만큼
채워지기도 하더라.
무조건, 확실히, 절대, 100%를 감당하는 것이
얼마나 힘든 일인지 알아가는 게
성숙해가는 과정 아닐까.
'무조건 싫다. 절대로 하지 않는다,
나는 원래 그런 사람이다'고 말하는 사람은
더이상 대화할 필요 없고,
어차피 세상에 무조건,
절대로를 감당할 수 있을 만큼
한 개인은 대단한 사람이 되지 못한다.
절대 안 될 것 같은 일이
어느샌가 나도 모르게 자연스럽게 돼 있을 때도 있고,
100% 장담하면서 모든 것을 걸기에는
애써 이루어 놓은 게 아쉽고 아깝다.
절대 하지 않는 것이 많은 사람보다
사소한 것도 궁금해하는 사람을 만나자. 우리.

매년 연말쯤, 크리스마스가 가까워오면 길거리 반짝이는 트리를 보면서 한여름의 크리스마스를 꿈꾼다. 단어는 근사하지만 사실 별거 아니다. 크리스마스 시즌이 되면 한 해를 마무리 하면서 살짝 센치해 지는데 추위에 유난히 취약하고 사람들이 많은 곳을 선호하지 않아 크리스마스라고 특별하게 보내진 않는다. 너무 추우면 봄보다 뜨거운 여름이 빨리 왔으면 하면서 한겨울에 한여름을 기다린다는 것도 글을 쓰는 나에게는 꽤 근사한 일이다. 한여름 중의 소소한 어느 하루, 좋아하는 사람을 만나러 가는 길에 작은 선물을 사고, 선물을 건네 주면서 한여름의 산타가 되기라도 한 것처럼 소소하게 행복하고 싶다.

손이 시린 겨울에 너무 손이 시리면 뜨거운 여름을 기대하면서 좋아하는 사람과의 한여름의 빨강을, 한여름의 크리스마스를 꿈꾼다. 크리스마스 파티 뭐 별건가. 여전히 꿈꾸고 그 시절을 추억하며, 다음 계절을 기다리며 아직 해야 할 일도, 살 날도 많이 남았다.

소소한 꿈을 꾸면서 나 자신을 지키고 착하게 살아가는 데는 몇몇 조건도 필요하다.

따뜻하고 착한 마음이 가장 기본적으로 필요하긴 하지만 소

소한 것에 감사하는 마음, 고마움과 미안함을 표현하는 다정한
태도, 타인이 원하는 방식으로 표현하는 것도 중요하다. 내 방식
대로 표현하는 게 아니라 상대방이 받아들이기 좋은 말투와 표
정을 보이려 노력해야 한다.

　미안한 마음보다 더 크게 미안하다고 표현하고, 고마운 마음
보다 더 많이 고맙다고 표현하면 마주 보고 웃을 일이 많아진
다. 인간관계가 안녕해야 나만의 편안한 시간을 보장받고, 내
가 한 선택을 존중받으며 성실한 노력을 해야 사회에서 인정받
으며 살 수 있다. 착하게, 그렇지만 꼭 똑똑하게. 배려하지만 꼭
내 것은 잘 챙기면서, 똑똑하고 착하게 살아가려면 전제가 있고
순서가 있다. 내가 안정적이고 편안해야 남을 위한 배려도 할 수
있고, 괜찮은 척도 할 수 있다. 괜찮은 척, 착한 척은 언제 어디
서나 억지로 할 수 있는 일은 아니다.

　이때 주변 사람들이 안정적으로 잘살고 있으면 훨씬 좋다.
주변에 신경 쓸 이유가 없어지고 흔들릴 이유가 줄어드니까.
주변 사람들을 챙기고 도와주면서 지칠 일이 없으니까.

그러니 다른 사람 잘된다고
배 아파하거나 질투할 필요 전혀 없다.
힘든 사람 밥 사 먹이면서 위로하는 것보다,
잘된 사람 축하하면서 맛있는 거 먹는 게 훨씬 더 쉽다.
그러니 사촌이 땅 사면 배 아프지 말고 배고프자.
축하한다고, 맛있는 거 사달라고 말하자.

아무리 연습을 많이 해도 '척한다'는 건 티가 나기 마련이고
더 힘들어져 마음이 약해지면 들키고 싶어져서 나의 힘듦을 알
아줬으면 하는 마음이 생기는 순간부터는 착한 척할 수 없다.
아니, 그럴 땐 착한 척할 필요 없고 착한 척해서는 안 된다. 나
의 힘듦을 말하고 대화하고 상의해서 현실을 받아들이고 해결
해 나가야 한다. 이미 힘들게 살고 있는 사람에게 나의 힘듦을
보태는 것보다 여유 있고 편안한 사람에게 고민 상담을 하는 게
훨씬 더 긍정적으로 마무리할 수 있으니 주변 사람들이 잘 되는
게 나에게 훨씬 더 유리할 때가 많다.

보통 이상으로 살 만큼의 경제적 여유를 가지고, 감정 조절할
수 있을 정도의 여유, 무시당하지 않을 만큼 지식으로 현명하게

살아갈 수 있다고 생각될 때, 착하게 살 준비를 완료한 후 우리는 착하게 살아야 한다. 착하게 살려면 처음이 중요하다. 인간관계를 시작할 때는 내가 지킬 수 있고, 타인에게 설명할 수 있는 기준이 있어야 하는데, 성실하고 차분히 상대에게 내 기준에 대해 따뜻한 태도로 얘기해 주고, 인정해 주는 사람과 착한 마음을 나누며 살면 된다.

나의 기준이 마음에 안 든다는 사람과는
시작도 안 하는 게 좋다.
잘못 시작된 인간관계는
시간낭비, 감정낭비,
돈낭비, 에너지낭비,
낭비할 것들이 너무 많으니
시작도 하지 않는 게 차라리 낫다.
잘해줬는데 싫다는 사람에게 굳이 애쓰며
함께하자고 매달릴 필요 있나.

부자는 노래를 즐기지만, 가난한 사람은 음악에 의지하면서 감정을 의지하고 힘듦을 씻어내며 기대려 한다. 음악을 듣고 단순히 즐길 수만 있다는 것, 느낄 수만 있다는 것, 음악이 없어진다면 단순히 좋아하는 것을 하나 잃을 뿐이라는 것. 즐길 수 있는 취미는 싫증 나면 다른 좋아하는 것을 찾아 떠날 수 있어야 한다. 다른 후보들이 많이 남아있어서 하나쯤 없어져도 내 생활이 흔들리지 않고 아무렇지도 않아야 한다. 간절한 것이 많은 인생은 행복한 삶이라 말하기 어렵다. 차선의 선택이 없다는 건 '삶이 위태롭다'의 다른 말일 테니까. 사회를 비판하는 노래가사도 귀 기울일 줄 알고 사랑을 고백하는 노래가사에는 설레면서 이별을 말하는 노래가사에는 눈물을 흘리면서 나 자신을 사랑하라는 노래가사에는 박수칠 수 있을 만큼의 마음의 여유를 담을 수 있는 마음의 그릇을 준비해야겠다.

♡

♡

♡

아무도 나를 모르는 낯선 곳을
걷고 돌아오면 다시 익숙한 것들이
좋아지곤 해요

스스로를
착한 눈으로 바라보자

착하다는 것은
인간관계와 깊은 연관이 있다.

　혼자서 착하면 뭐 하나. 물론 착한 마음을 가지면 화낼 일 없고 짜증 낼 일 없으니 맘 편하긴 해도, 이왕이면 착한 마음으로 좋은 이미지를 만들고 착하다고 말해 줄 사람이 있으면 더 좋다. 그렇게 비교가 싫고 평가에 지치지만 예쁘다는 평가, 착하다는 평가, 잘했다는 평가, 칭찬이 듣고 싶을 때도 있다. 괜찮다는 말, 칭찬의 한마디가 간절할 때가 있다.

　말 한마디에 마지막 용기를 끌어모으기도 하고 또 생각 없이 툭 튀어나온 말 한마디에 좌절하고 쓰러지기도 하더라.

용기를 낼 수 있게 하는 말, 따뜻한 마음을 보일 수 있는 말 한마디, 한마디가 모여 다정한 대화를 만들고, 좋은 사람을 만들어 좋은 인간관계를 만든다.

타인에게 용기 있는 말을 해주려면 먼저 용기 낼 줄 아는 사람이 되어야 하고, 용기 내고 인정받은 경험이 있어야 제대로 용기 낼 수 있다. 사람들은 잡음이 많아질수록 혼란해서 딱 한 가지를 찾는다. 화려한 잡음보다 진정한 용기가 필요하다.

우리가 인정받고 싶을 때,
사랑받고 싶은 마음의 반 이상은
나 스스로 채워야 한다.

나 자신을 잘 아껴주고 싶은데 방법을 몰라서
어렵게 생각하는 사람이 많은데
일상에서 놓치고 있는 좋아하는 것과
싫어하는 것에 반응하면서 살면 된다.
할 수 있다, 할 수 없다, 하지만 해야 한다,
남에게 피해줄 수 없지, 나만 참으면 되는데 뭐,
월급값 해야지.

이런 생각들 때문에

좋다, 싫다는 감정은 놓치고 있는지도 모르겠다.

그냥 좋은 걸 알아야 좋아하는 일을 할 수 있고

그냥 싫은 걸 알아야 싫은 일을 피할 수 있다.

좋고 싫은 마음은 옳고 그른 문제가 아니다.

그래서 좋아하고 싫어하는 마음에는 틀린 게 없다.

내가 좋으면 좋은 거고 내가 싫으면 싫은 거다.

그냥 좋다, 그냥 싫다는 내 마음을 존중하기만 해도

나 자신을 아껴주는 일을 잘 시작한 거다.

나 자신에게 선물을 하듯이 나를 이해하고 용서하는 시간을 잘 보내줘야 한다. 우리는 과거의 시간을 자책하고 후회하면서 시간을 보낼 때가 많다. 괴롭고 아픈 상처라며 과거의 나를 죄인으로 만들어서 과거의 나를 탓하고, 누군가에게 위로받길 원하지만, 원하는 만큼, 원하는 방식으로 제대로 된 위로를 받지 못하면 외로움을 느끼고 괴로워지는 악순환이다. 후회를 곱씹지 않고 같은 상처를 덜 받기 위해서는, 후회하는 시간보다 내가 나를 이해하는 시간, 내가 나를 받아들이고 용서하는 시간이 필요하다.

후회는 늘 늦어서 되돌릴 수 없다. 나를 이해하는 시간을 가지고 그때의 실수를 받아들이고 용서하면 더 좋은 나로, 더 나은 나로 발전할 수 있다. 꼭 어제보다 더 많이 알고 있다고 해서 오늘이 더 발전했다고 말할 수는 없지만 같은 일에도 어제보다 더 단단한 나를 발견할 때, 어제보다 무던하게 대처할 수 있을 때, 어제는 상처 되었던 말을 떠올리면서 웃을 수 있을 때, 잊어낼 수 있을 때 우리는 한 단계 더 성장하고, 나를 사랑스러운 눈으로 바라볼 수 있는 오늘을 잘 살아낼 수 있다.

타인에게 좋은 모습을 보이려는 노력도 중요하지만, 그 이전에 나 자신에게 제일 착하게 굴어야 한다. 살다 보면 내가 모르는 나의 모습을 발견할 때가 많다.

'내가 원래 이런 사람이었나? 나 왜 이러지?'하는 생각에 혼란스러울 때도 있지만 그냥 있는 그대로의 나를 받아들이고 나에 대해서도 평생 알아가야 함을 인정하자.

학교에서 도덕시간, 윤리 시간에는 늘 착하고 선하게 살라고 배웠는데 어떻게 교과서에 나오는 사람들은 하나같이 잘 베풀고 나누고 웃으면서 그렇게 착하게 사는지, 현실에서 진짜 그렇게 사는 사람이 있나 싶다. 가만히 잘 생각해 보니 친구, 가족,

이웃에게는 친절하고 착해야 한다고 배웠으나, 나 자신을 사랑하고 아끼고, 이해하고 용서해야 한다는 건 잘 몰랐고 어떻게 해야 하는지 그 방법을 잘 배우지 못했다. 어마어마한 시간 동안 타인에게 좋은 사람이 되는 방법만 시험 치고 배웠다.

그래서 키는 커지고 체격을 좋아졌지만, 마음 근육은 제대로 발달하지 못하지 않았을까.

자신의 마음 근육 상태를 잘 몰라서 화가 날 때 어떻게 해야 하는지, 서로의 다름에 불편함을 느낄 땐 어떻게 해야 하는지 여전히 혼란하고 예전에 했던 실수를 곱씹으면서 자책하고 미련을 남기면서 자꾸만 나를 찌르는 생각을 반복하는 경우가 많다.

실수를 곱씹는 게 인생 최대의 실수다. 누군가 마음을 풀어주길 바라는 건 시간 낭비고 헛된 기대다.

결국 기분은 마음에 남고 남은 감정 찌꺼기는 나 스스로 해결해야 한다. 마음의 매듭을 짓고 풀 수 있는 건 나뿐이다. 자책하고 나면 마음이 편해질까 고민해봤지만 결국 자책의 끝은 나를 더 힘들게 하기만 하더라. 마음을 풀어줬으면 하는 기대감으로 오히려 더 힘들어질지도 모른다.

나 자신을 사랑하지 않으면서 어떻게 다른 사람을 사랑할 수 있나.

나에게 냉정하고 나를 용서하지 못하면서 어떻게 남을 이해하고 용서할 수 있나.

생각보다 많은 사람들이 자기 자신을 얘기할 때, 긍정적인 표현을 잘 사용하지 않는다. 부족하다는 것을 장황하게 늘어놓고 나서야 장점 하나를 툭 던진다. 운이 좋았다, 어쩌다 보니 이렇게 잘 되었다, 노력하면 되더라는 말을 믿어도 될지 잘 모르겠다. 나를 소개할 때 '나 이것도 잘하고, 저것도 잘하고, 그것도 잘한다' 말하기 쑥스럽고 자랑질 같아서 비호감이 될까 걱정하면서 겸손을 택한다. 어쩌면 나는 내가 생각하는 것보다 훨씬 더 착하고 괜찮은 사람인지도 모르는데. 나의 잘났음을 말하는 데는 뭔가 어색하고 인색하다. 심지어 억울해도 용서하고 이해하고 다른 사람을 위해서 참고 지나가는 게 더 편하다고 한다. 스스로 억울함을 쌓아 놓고서는 참는 게 낫다고 착각하고는, 나를 다독이는 일은 어렵다며 가끔 울면서 해결하려 하고. 근데 어른이 되고 나서는 눈물을 보인 일은 잘 해결되지 않더라.

나를 착한 눈으로 바라보려면 평소에 내가 자주 하는 말에 관심을 가져야 한다. 그래서 가끔은 '그냥'이라는 단어로 조용히 지나가길 바랐던 마음을 잘 기억하고 꼼꼼히 살펴야 한다.

모든 상황을 하나하나 설명하고 이해받는 게 아니라 다른 사람들을 감정쓰레기통으로 만들지 않으려는 배려의 말, 그냥. 그냥이라는 말로 나를 설명할 땐, 내가 '그냥'이라는 말을 할 만큼 성숙한 사람이 되었다는 걸 잊지 말길. 그냥이라는 말로 오고 갈 불편한 감정을 정리하고 상대를 배려하고 있다는 걸 꼭 기억하길. 그냥 참은 게 아니라, 정말 그냥 아무렇지도 않은 게 아니라, 참고 배려할 만큼 성숙한 사람이 되었다는 걸 꼭 기억하길. 큰소리로 하고 싶은 말을 하며 타인을 강요하지 않고 그냥이라는 말로 조용히 감정 조절할 수 있는 거다.

타인을 위해서도, 나를 위해서도.
가끔 그냥이라는 말로 어떤 순간을 설명하고 있다면
단순히 지쳐서 포기가 담긴 말이 아닌,
그만큼 배려할 줄 아는 사람임을
잊지 말길.

착한 사람이 호구되는 팍팍한 세상이라고 하지만 그냥이라는 말로 자신을 낮추고 타인을 배려하면서 따뜻한 시선으로 바라보면, 여전히 착한 사람들이 배려받고 인정받고 있다. 나 또한 계산적이고 나쁘다고 생각하는 사람보다는 착하고 따뜻한 사람과 친구가 되고 싶어 하면서 뭐라도 하나 더 챙겨주고 싶어 하니까. 나 자신을 조금만 너그럽게 바라봐도 그동안 했던 잘못들과 남들에게 들키고 싶지 않던 부족함이 멍청함이 아니라, 단순히 누구나 할 수 있는 실수 중의 하나임을 깨달을 수 있다.

법적, 도덕적, 양심적으로 문제가 되는 것도 아닌데, 실수들은 너그럽게 이해해 주기로 하자.

혼자 떠나는
여행

여행만큼
흔한 힐링 시간이 있을까.

사나흘, 일주일 정도 시간이 생기면 사람들은 마치 당연한 정답을 알려주는 듯 여행을 권한다. 여행을 다녀오는 건 일단 쉬었다는 확실한 티가 나서 다른 사람에게 잘 쉬었다고 말하기 좋다. SNS에 올린 힐링 사진이 좋은 여행의 증거이고, 여행이 곧 제대로 쉬는 것이라는 공식이 성립된 것 같다.

여행 다녀왔다는 말에 부럽다, 좋겠다, 좋았겠다는 대답의 공식이 성립한다는 건 누군가에게는 강요될 수 있다는 뜻이기도 하다.

솔직히 여행을 좋아하지 않고 부럽지 않은 사람도 많은데, 여행이 쉬고 싶은 마음을 채워줄 수도 있지만 어떨 때는 새로운 곳보다 익숙한 곳에서 멍때리며 격하게 아무것도 안 하는 게 진짜 쉼일 수도 있다.

놀이공원의 롤러코스터를 타는 게 제대로 된 힐링인 사람도 있고 음악을 듣거나, 그림을 그리는 것도 누군가에게는 제대로 된, 본인이 원하는 힐링이다. 그냥 가만히 이불 속에 있어도 괜찮고 영화 한 편이면 충분히 충전되었다고 만족할 사람에게 짐을 싸고 몇 시간이나 기다려 비행기를 타고 멀리멀리 여행을 떠나라 말하는 건 강요다. 너무 쉽게 여행을 권하고 여행을 다녀왔으면 당연히 재밌게 놀았고 잘 쉬고 왔을 거란 선입견은 갖지 말자.

최소한 쉼과 여유에는
공식이 없어야 한다.

혼자 여행을 다녀온 건 뭔가 근사한 도전 같아도 그냥 여행을 함께 다녀올 시간이 맞는 친구가 없었고, 함께 갈 사람을 찾아 나서기 귀찮아서일지도 모른다. 내가 생각하기에 별일 아닌 일에 다른 사람의 너무 많은 의미와 기대가 더해지면 오히려 부담스럽다. 혼자 여행을 하는 건, 출발 시간과 돌아오는 시간을 내 마음대로 하고 여행하는 동안의 동선을 함께하기 싫어서이다.

계획조차 귀찮은 여행이 잘못된, 틀린 여행도 아니다.

특별한 이유 없이 대충 돌아다니자고 여행을 하기도 한다. 물론 이럴 땐 제대로 된 인증사진은 없다. 시간을 대충 쓰기 위해서 여행하는 사람과 24시간을 알차게 쓰기 위해 여행을 떠나는 사람은 안녕히 함께 여행할 수 없고. 그런데 다른 사람과의 스케줄을 맞추고 취향에 맞는 계획을 세우기 싫어서 그냥 혼자 떠나는 사람을 우리는 '혼자 여행을 잘하는 사람'이라고 말하면서 혼자 쉬고 싶었던 사람들을 괴롭히고 있는지도 모르겠다.

여행마저 꼭 잘해야 하나 생각하면 방금 여행에서 돌아와서 출근한 것처럼 숨이 막히는 것만 같다.

혼자 여행이란, 시간과 공간에서 모두 혼자를 보장받을 수 있는 쉼이다. 책임감과 의무감을 벗어나 정말 나로 인정받을 수 있는 시간이다. 아니, 나 스스로 있는 그대로의 나로 인정하는 시간이다.

누구에게 인정받는 것보다 나 스스로 인정하는 게 훨씬 중요하지만, 보통의 일상에서 타인에게 인정받는 것도 무시할 수는 없다. 함께 했던 기억이 있는 시간, 상처와 살아온 흔적이 있는 공간들. 기쁨과 상처가 묘하게 충돌하는 일상의 공간에서 벗어나고자 그래서 떠난다. 혼자 하는 여행은 모든 것이 마음대로니까. 정해진 것도 없고 지켜보는 사람도 없으니까. 지켜보는 사람이 없다는 것과 나에게 무언가 원하는 사람이 주변에 없다는 것도 힐링의 중요한 요소가 된다. 책임과 의무가 있는 일상에서 멀면 멀수록 좋다.

우리가 유럽 여행에 로망이 있는 건 유럽 특유의 감성과 문화 때문일 수도 있지만, 그냥 우리나라에서 멀어서 일지도 모르겠다. 지금 발을 딛고 있는 땅보다 높은 하늘길을 달려 비행기 시트의 쪽잠으로 한국에서 받았던 상처를 모두 지우는 꿈을 꾸고 난 후 도착한 유럽은 꽤 멋있고 낭만적이다. 덤으로 밤과 낮도 바꾸어 준다. 체력적으로 힘이 드는 것은 사실이지만 그동안의 슬픔과 상처, 아팠던 것들을 꿈으로 지워줬는데 몸이 좀 힘든 것이야 기분 좋고 밥 잘 먹으면 얼마든지 괜찮은 일이니까.

주변에 마음을 내어주면서 살다가 나도 모르게 상처받은 마음을 주변 사람들에게 들키지 않고 조용히 털어 낼 수 있게 그렇게 홀연히 떠나고 싶을지도 모른다. 비행기를 타면 옆 사람에게 친절할 필요 없고 낯선 나라의 외국인에게는 착하지 않아도 되니까. 비행기에 앉아서 처음 보는 사람과 어깨를 나란히 하면서 생각을 비워내고, 묵직한 여행 가방을 끌면서 그 달그락거리는 바퀴 소리에 머릿속을 비워낼 수 있다.

나의 처음 혼자 여행은 약 10년 전 홍콩 여행이었다. 지금은 혼자 여행가는 거에 익숙하지만 라떼만 해도 해외여행을, 심지어 여자가 혼자서 떠나는 일은 잘 없었다. 2년 정도의 회사생활을 애쓰며 억지로 해나가다가 끝내주게 멋있게(물론 그때의 내 착각) 사표를 던지고 여행사에 전화해서 그 주 토요일 오전에 떠날 수 있는 비행기 표를 예약했다. 회사 따위 지긋지긋하니 더이상 한국에 있지 않겠다는, 회사에게 보여주기 위한 시위였고 그게 홍콩이었다. 홍콩은 건물도 명품으로 짓는 줄 알았던 철없는 아가씨의 허세를 채워주기에 충분했다. 한국이 싫어서 떠난다는 생각이 왜 그렇게 멋있어 보였던지. 선글라스에 하이힐, 캐리어를 끌고 잔뜩 멋을 내고서는 공항을 혼자 걸어갔다.

그땐 캐리어를 끌고 혼자인, 심지어 여자인 사람은 나뿐이었다. 주변 사람들은 나를 보며 쑥덕쑥덕거리고 간간히 손가락질도 했다. 짐을 싸고 혼자 공항에 있는 내가 위태로워 보였나 보다.

어떤 사람은 비행기를 기다리고 있는 나를 쿡쿡 찌르며 도대체 무슨 사연이 있길래 혼자 이렇게 해외로 떠나냐고 물었다. 혼자 그 먼 데까지 어떻게 가, 나쁜 생각하지 마라며 한순간에 사연 있는 여자가 되었다.

그런데 그게 좋았다.
나를 아는 사람이
아무도 없다는 느낌이 간절할 때가 있다.
지금부터 어설프게 사연을 지어내도
비행기를 기다리며 특별히 할 일이 없는 사람들은
재미있게 들어줄 것만 같았다.
그러고는 자기의 여행에 집중하기 위해
금방 나를 잊어낼 것 같은
그런 가벼움이 좋다.

혼자 여행은 착한 척할 필요 없다. 배려할 필요가 없다. 그래서 자유로웠다. 타인에 대한 배려와 태도가 문제 되지 않으니 나 자신을 더 따뜻하게 바라볼 수 있는 시간이다. 인내하지 않아도 되고 하고 싶은 대로 하면 된다. 자발적으로 혼자 여행을 해보길.

♡

♡

♡

예쁘게 사랑받을
사람을 찾습니다

혼밥

혼자 여행, 혼자 영화, 혼자하는 공부,
예전보다는 훨씬 혼자 하는 것에
사람들의 시선이 관대해 지고 있다.

  친구 한 명이랑 먹는지 두 명이랑 먹는지 세 명이랑 먹는지는
말하지 않으면서 굳이 친구 0명이랑 먹는 밥을 혼밥이라고 말할
필요가 없으니, '혼'밥이라는 단어도 쓰지 않았으면 좋겠지만.
  먹는 걸 좋아하는 사람이 많고 밥에는 특별한 의미를 담는
사람들이 많아서 여전히 밥에 대한 인식이 바뀌는 데는 시간이
필요한가 보다. 혼자 하는 것이 편하고 타인의 시선에도 점점
자유로워지는 추세이다. 혼자 영화를 보러 간다고 하면 뭔가 주
체적인 여성처럼 보이기도 하고 혼자 여행을 한다는 말을 제대

로 된 힐링을 즐길 줄 아는 사람 같은데 혼자 밥을 먹는 건 아직도 용기가 필요하다고 말하는 사람이 많다. 혼자하는 것 중에서 혼밥이 가장 만랩이라고 하더라. 밥을 먹는데 용기까지 내야 하다니.

식욕은 사람의 가장 기본적인 욕구 중의 하나인데, 기본적인 욕구를 해결하는데도 용기가 필요하다고 생각하니 참 세상 사는 게 피곤하고 힘들다.

사람에게는 마음 편한 시간이 필요하다. 혼자 밥 먹는 시간이 마음 편하다면, 하루에 세 번은 마음 편한 시간을 보낼 수 있다. 나는 좋아하지 않는 사람과 밥을 함께 먹지 않는 편인데, 역으로 같이 밥 먹고 싶지 않으면 그 사람을 좋아하지 않는 거다. 그리고 밥은 먹고 다니는지 궁금한 사람이 생기면 그 사람을 좋아하기 시작한 거고, 어떤 사람을 좋아하기 시작하면 그 사람 밥은 잘 먹고 다니는지부터 궁금해진다. 어쩔 수 없이 밥으로 사람을 챙기는 촌스러운 사람인가 보다.

원래 천천히 먹기도 하지만 좋아하지 않는 사람일수록, 자리가 불편할수록 더 오래 먹는 습관이 있다. 마음 편하게 먹으면

30분, 오래는 한 시간 동안 먹기도 하는데 밥을 입에 넣고 오랫동안 오물거리는 습관은 싫어하는 사람에게는 보이기 싫은 모습이다. 다른 사람들 다 먹을 동안 겨우 반 공기 정도 비어있는 내 밥그릇을 보고 먹긴 먹은 거냐며, 그렇게 먹고 어떻게 사냐고, 한마디씩 하는 게 그렇게 듣기 싫더라고.

밥도 먹어야 하고 싫은 사람을 견뎌야 하고 소화도 시켜야 하고 숟가락, 젓가락질도 해야 하니 싫은 사람과의 식사는 쓸데없이 신경 써야 할 일이 많아서 쓸데없이 바쁜 시간일 뿐이다. 그럴 바에는 아무리 비싸고 맛있는 음식을 먹는 것보다 차라리 혼자 먹는 게 편하고 좋다. 여전히 밥은 무엇을 먹느냐 보다 누구와 먹느냐가 더 중요하다. 그리고 무엇보다 먹을 때는 마음 편해야 한다.

사회는 또 혼밥에 대한 불편한 시선을 뉴스로 쏟아낸다. 혼밥하는 사람이 같이 먹을 사람이 없다는 둥, 혼자 밥 먹으면 인스턴트 음식을 먹어서 영양소 섭취를 제대로 할 수 없다는 둥, 혼밥 하는 사람 중에 비만이 많다는 둥 혼자 밥 먹는 사람이 뭔가 잘 못사는 것처럼 말한다. 혼자서도 뭐든지 할 수 있고 편하다면서도 한편에서는 또 같이 밥 먹을 사람이 없는 현대인들을 가난하고 외로운 사람으로 치부하고 불쌍한 눈빛으로 본다.

밥은 혼자 먹을 수도 있고 같이 먹을 수도 있고, 간단하게 때울 때도 있고 근사하게 해먹을 때도 있다. 배달시켜 먹든, 직접 해 먹든, 사 먹든 먹는 사람 자유다. 어딜 가든 큐알코드 찍고 개인정보는 이미 반납하면서 살았지만 마음대로 먹을 자유는 지켜줬으면 좋겠다. 숨 쉬는 것마저 민폐가 될 수 있는 지금이지만 사회적으로 거리를 두고 시간은 멈춘 것 같아도 그 속에서 누군가는 성장하고 누군가는 자신의 꿈을 이루고 심지어 또 누군가는 득을 보기도 한다. 다들 나름의 방법대로 하루를 살아내고 있다. 내가 사회적으로 거리를 두면서 성장하는 사람일지 멈추는 사람이 될지는 나의 선택이고 노력이지, 누군가를 탓할일은 아니다.

혼자 밥을 먹는 것도, 혼자서는 밥은 먹지 못하는 것도 한 사람의 성향일 뿐이다. 혼자 밥 먹는 사람을 보면 관심 가지지 말고 그냥 넘어가 주었으면 좋겠다. 성향을 존중해 주었으면 좋겠다. 사람이 밥을 먹는 건 한 번 더 쳐다볼 일은 아니고 모르는 사람이 밥 먹는 일까지 내가 신경 쓸 일은 아니다. 누군가는 힘들게 착한 하루를 쳐내고 아무 말도 하고 싶지 않아서 나를 위한 요리조차 할 힘이 남지 않아서 식당에서 조용히 밥을 먹고 있는지도 모른다. 오늘 하루 동안의 연민을 담아서 밥을 먹고 있을지도 모르니 제발 밥은 맘 편하게 먹도록 내버려 두었으면 좋겠다. 먹을 때는 아무도 안 건드린다고 했다. 밥이든 무엇이든, 먹고 있는 사람은 안 건드린단다.

혼자 밥 먹는 사람도 제대로 챙겨 먹었으면 좋겠다. 몸이 건강해야 마음도, 정신도 건강하다는 것은 셋 중 하나를 잃어봐야 느끼는 사람이 많더라고. 하지만 잃고 나서는 너무 치명적이어서 헤어날 수가 없더라고. 혼자 먹는다고 대충 먹지 말고 내 인생의 주인공이 먹는 밥인데 당연히 제대로 먹여야 한다는 생각으로 영양소도 생각하고 이쁘게 셋팅도 하고 사진도 찍고 추억도 남기면서, 내가 먹는 밥상에 가성비 따위 따지지 않았으면 좋겠다. 잠깐만 검색해 봐도 내 몸의 체질을 알 수 있고 레시피는 넘쳐나고 어떤 음식에 어떤 영양소가 있는지 알아낼 수 있다.

. . .

다른 사람을 위해서가 아니라
내 인생의 주인공을 위한 요리를 하는 시간을
즐겨봤으면 좋겠다.
자발적으로 혼자 밥을 먹어보길.
제대로.

착한 사람을 착하게 대할
용기가 있는가?

나는 과연 주변에 착한 사람을
착하게 대할 인격이 되는 사람일까.

주변에 있는 착한 사람, 조용히 다른 사람들의 얘기를 들어 주고 따라주고 있는 사람의 생각보다 목소리가 큰 사람, 권력이 있는 사람, 편이 많은 사람, 나를 많이 괴롭히는 사람의 말에 집중하면서 그들의 의견만 존중하지는 않았나. 여러 사람들의 얘기를 들어보고 고민한 후 최선의 선택을 해서 소외되는 사람을 보듬으려 하지 않고 빠르고 편한, 그저 그런 선택을 하면서 살진 않았나. 조용히 공감해주고 따라주는 사람의 고마움을 제대로 알고 따뜻한 말투와 친절함이 당연함이 아닌, 배려이고 노력임을 알고 보답하면서 따뜻한 마음을 내어줄 여유가 있을까. 불편함이 예상되어도 많은 사람이 다르게 생각한다는 걸 알지만, 옳은 일이라는 판단이 들 때 착한 사람의 편에 서서 돕는 데는 용기가 필요하다. 이런 게 좋은 어른들이 내어야 할 용기다.

솔직히 착한 마음이 주목받는 세상은 아님을 인정한다. 사람들은 착한 마음보다 여자 연예인의 머리 크기가 비현실적으로 작거나, 마네킹처럼 마른 몸 같은 눈에 보이는 것에 더 관심이 많고 곳곳에 숨어있는 착하고 따뜻한 마음보다 화려하고 강렬한 것에 더 눈이 가는 건 어쩔 수 없다. 보통의 사람으로 평범하게 살고 싶다고 말하면서도 특별하고 특이한 사람이 더 매력적으로 다가오고 특이함을 잘 편집하면 돈도 버는 세상이다. 돈이 있으면 혼자 사는 것도 제법 재밌는 세상이라 누군가에게 돈은 최고의 가치가 되기도 한다. 어렸을 때 인기 없는 연예인을 좋아하면 왠지 모르게 의기소침해지고 공통의 관심사가 없어서 외로운 느낌이었는데, 착한 사람의 편에 선다는 건 그런 조용한 소외감 같은 것 아닐까.

최고만 세상의 중심에 서야 하는 건
아니라는 것을 인정하는 용기,
다른 사람이 무시하는 사람을 소중하게 여길 용기,
모든 사람에게 사랑받지 않아도 된다는 용기,
돈이 최고라고 말하는 사람에게 그렇지 않다고 말할 용기,
강한 사람보다 착한 사람을 감싸줄 용기.
착한 사람의 편에 서서
착하고 따뜻하게 생각하고 행동하는 데는
작지만 특별한 용기가 필요하다.

애쓰지 않고 힘 빼고, 꼭 필요한 것만 소유하면서, 필요한 건
꼭 챙기면서 소소한 행복을 느끼는 건 생각보다 많은 용기가 필
요하다. 여유를 가지고 인생에서 힘만 빼면 사는 게 훨씬 수월
해진다고 말하지만, 힘을 빼고 산다는 자체가 쉬운 일은 아니
다. 한걸음 물러나 천천히 살아가는 데는 용기가 필요하고, 용기
를 제대로 만들어서 그 용기를 용기 있게 꺼내야 한다. 이렇게
나 해야 할 일이 많고, 재밌는 게 많은 화려한 세상에서 조용히
마음을 느끼면서 뒤처져도 불안해하지 않을 용기까지 필요하다.
그래도 이런 용기가 착한 사람의 곁에 있을 자격이지 않을까.

착한 마음을 받을 자격,
인격을 가지는 것도 아주 중요한데
착한 사람을 착한 마음으로 대할
인격이 되지 못하면 나 또한
주변 사람이 착하길 바랄 자격이 없다.
어쩌면 나이 들수록
용기 앞에 한없이 작아지는
나에 대한 연민의 마음이
담겨 있을지도 모르겠다.

가끔은 눈치 없이
그냥 착하고 싶다

부정적인 상황을 최악의 상황이라 정의 내리지 않는 것도 애쓰지 않고, 힘 빼고 사는 방법이다. 힘든 일이 있을 때는 그 일에 집중하지 말고 인생에 몇 번 있을 안 좋은 일이 지나가는 중이고, 이 시간을 잘 보낸다는 마음으로 다른 일들에 집중하면 어느 순간 잘 견디고 있는 나를 발견한다. 지금이 힘들다고, 지금 힘든 게 내 인생의 가장 큰 이슈라도 굳이 힘든 상황에 집중할 필요는 없다.

행복한 순간과 불행한 순간을
선택할 수는 없지만,
결과론적으로

불행에 예민하게 반응한다고
상황이 나아지는 것도,
그렇다고 괜찮아지는 것도 아니더라.
지금 불행해서 견딜 수 없다고 생각될 때,
아무리 자책하고 후회해도
마음이 더 힘들어지는 것 말고는
달라지는 게 없다.

이럴 때 나는 지금이 최악이라고 생각하는 편이다. 더이상 나
빠질 것이 없으니 이제 나아질 타이밍이고 상황은 어차피 나아
질거라 믿는다. 좀 더 빨리 벗어나기 위해서는 노력을 해야 한다
고 생각한다. 가만히 있으면서 달라지길 바라는 건, 지금과 똑
같은 행동을 하면서 결과가 달라지길 바라는 건 공짜로 행복을
사겠다는 것과 같은 말이니까. 내일이 분명 더 괜찮아질 것이라
는 믿음, 인터넷 기사에서 쉽게 볼 수 있는 바닥론을 나는 믿는
다. 지금이 최악이고 그래서 최악은 지나갔다고 믿으면 오늘을
견디는 데 꽤 도움이 된다.
 감정이 상하는 말을 들었다면 이를 현재가 아닌 과거라고 받
아들이는 게 좋다. 실제로 말이란 듣고 나서 기분이 나빠진 것

이니 이미 과거가 되었다. 내 마음 편하자고 하는 감정 조절하는 방법이다. 납득되지 않는 이유로 화를 내는 사람을 보면서 '나를 싫어 한다'고 정의하지 않고 그냥 '서운했었구나. 그래서 화가 났었구나, 저 사람은 화가 났을 때 저런 태도를 보이는 사람이구나, 그의 인격은 이 정도구나' 하고 그 순간을 읽어내면 상대방을 이해하는 데 도움이 된다. 정말 니가 싫으니 사라지라는 말을 듣기 전까지는 상대방의 마음을 궁금해하지 않는 게 속 편하다.

특정한 상황에 부정적인 의미를 굳이 담아서
기분 나쁘게 반응하지 않고
이미 지나갔다고 생각하면서 시간을 벌 수 있다.
콧물을 훌쩍거릴 때,
감기라고 단정 짓고 건강을 염려하며
약을 먹는 사람도 있지만
콧물 스윽 닦아내고 밥 잘 먹고 잘 자고 일어나서
다음날 기운을 차리는 사람도 많다.
마치 감기 정도는 병이 아니라고
생각하는 사람처럼 말이다.

아, 내 주변에는 감기에 걸리면 소주를 마시는 게 약이라는 사람도 있다. 꽉 먹고 꽉 취해서 늦잠까지 자고 나면 신기하게 감기 따위는 금방 떨어지더라고. 난 해보지 않은 방법이라 맞는지는 잘 모르겠다. 이것저것 따지지 않고 그냥 한없이 착하고 싶을 때가 있다. 마음 정도는 내 마음대로 되어서 마음만은 편하고 싶은데 또 그건 왜 그렇게 힘든지. 사회는 눈치코치에 입까지 조심해야 한다면서 요구하는 것이 많아지고 그럴수록 버거워서 혼자 있고 싶어진다. 그러면서도 핸드폰을 드는 순간부터 이미 혼자일 수 없고 그 핸드폰은 늘 손에 세상 소중하게 쥐고 사는 건 정말 아이러니하다. 그래서인가. 혼자이고 싶지만 혼자 하고 싶지 않고 함께이고 싶지만 함께가 버겁다는 말이 잘 이해되더라.

세상에 할 일이 너무나도 많고 꼭 함께해야 하는 일도, 혼자서도 씩씩하게 해야 할 일도 많다. 직접 챙겨야 할 사람들을 가끔은 모른 척하고 싶지만 또 모른 척하자니 책임감과 의무감, 그리고 양심, 복잡한 생각에 잠 못 들 때면, 아무것도 재지 않고 그냥 착하게만 살고 싶다. 돈이 많아서 해달라는 거 다 해줄 수 있고 시간이 많아서 하고 싶은 것 다 할 수 있고 재능이 많아서 되고 싶은 거 다 될 수 있으면 살면서 무슨 문제가 생길까. 현실적으로 다 갖지 못해서 욕심을 쪼개고 나누고 순서를 정해야 하니까 힘든 거지. 계산하지 않으면서 살아도 된다는 것은 정말 축복받은 일이지만 어차피 불가능한 일이다. 어른이 되어서 계산하지 않고, 따져보지 않는다는 것은 세상을 의심하지도 방어하지도 않아서 삶이 위험해질 수 있다는 뜻이 되기도 하니까.

인간관계에 있어 두 사람 사이에 끼어있을 때는 정말 아무것도 모르고 싶다. 나를 사이에 두고 두 사람이 싸우기라도 하면 정말 미칠 것 같다. 모두 자신의 입장에서 얘기하니 상대가 세상에서 제일 죽일 사람이니까. 이 사람의 얘기를 들으면 이 말이 맞고, 저 사람의 얘기를 들어보면 또 저 사람이 맞다.
다들 자기 입장에서는 자신의 선택이 최선이었기에 당연한 거다.
자신의 말과 행동이 다르게 해석되면 당연히 또 억울하다. 세상에 당연한 것도 없는데 당연하다고 생각하는 것 몇 개가 엉켜 모이면 결국은 아무도 풀 수 없을 만큼 시작도 끝도 혼란해져 버린다. 그게 인간관계의 정말 큰 문제더라고.

더 큰 목소리를 내는 사람이라고 더 많이 들어주고 편들어 줄
수는 없다.

다만, 상반되는 두 입장을 다 들어볼 수 없는 이유는 내가 너
무 힘들다는 거다. 솔직히 당사자들도 다 기억나지도 않을 것이
다. 왜 화가 났는지에 대한 이유를 망각하고, 싸우고 있는 자체
에 화가 나고 말꼬리를 물고 물고 물고 물어뜯다 보면 더 감정이
상해서 언성이 높아지고 화내다 보니까 더 화가 나더라는 이상
한 이유로 화를 내고 있을 때도 많다. 기억은 어차피 자신이 유
리한 대로 자체 편집을 하니, 의미 없는 감정 싸움에 잘잘못을
싸우고 있는 사람만큼 그 사이에 있는 사람도 힘들기는 마찬가
지고. 이럴 땐 잘잘못을 따지는 것보다 감정을 누그러뜨리는 게
훨씬 빠를지도 모른다.

감정이 부딪히는 두 사람의 사이에 끼어있을 때,
그럴 때는 정말 눈치 없이
아무것도 모르고 착하고만 싶다.
이럴 땐 아무 것도 모른 척,
그냥 착한 척하고 있어야지, 어떻게 하냐.

착한 사람의
자존심

일에든, 인간관계에서든 자존심을 지키고
사는 사람은 참 멋있고 매력적이다.

자존심을 지키고 사는 사람은 눈물보다, 정보다, 따뜻함보다,
빈틈보다 강한 사람처럼 보인다. 누구나 다 자신만의 자존심으
로 자존감을 지키면서 살아가고 있을 텐데 내 자존감이 세상에
먹히는지는 여전히 잘 모르겠다.

모든 사람들의 최소한의 자존심을 지킬 수 있는
세상이 왔으면 좋겠다.

자존심을 지키면서 살고 싶지만, 확고하게 자존심만 지키며

살면 가끔 외로워지기도 한다. 한 사람의 자존심을 제대로 보려면 한 사람을 깊이 보아야 한다.

"엄청 강해 보이지만 알고 보면 착하고 딱한 아이야"

세상에 이런 반전 매력이 있나. 솔직히 착한 마음보다 반전 매력에 더 끌리게 마련인데 자존심 강했던 사람에게 보이는 약한 면이라니. 틈이 없어 보이던 사람에게 틈이 보이면 인간적이고 반하게 되더라.

자존감이 높은 사람보다 자존심을 지키는 사람이
나는 더 좋더라.
한 사람의 자존심은 지켜주면서 누군가를 알고 만나고,
사랑하고 싶더라.
한 사람의 자존심을 제대로 알려면 오래오래 보아야 하는데
누군가에게 좋은 사람으로 남으려면
그 사람의 자존심을 지켜주고자 하는 마음으로
곁에 있어야 한다.

자존심이 강한 사람은 알고 봐야 한다. 처음에는 자존심이 먼저 보이고, 시간이 지나야 자존심이 만들어 놓은 것들이 보일

것이다. 사람의 자존심은 자신만의 기준으로 타인에게 보이고 싶은 모습과 이미지를 만든다. 본인이 보이고 싶지 않은 모습을 보거나, 원하지 않는 이미지대로 자신을 판단하면 이내 자존심이 상한다. 나를 불안하게 하는 사람은 불편하고 선을 넘어 다가오려 하면 감당되지 않기 마련이고.

그러니 나의 기준대로 한 사람을 보는 것보다, 그 사람이 원하는 대로 그 사람을 봐주는 것도 중요하다. 한 사람이 자존심으로 만들어 놓은 이미지를 걷어낼 시간을 함께 견뎌야 비로소 진짜 사람의 진심이 보인다. 힘들고 약한 면까지도. 물론, 그 사람이 보여주기 싫어한다면, 자존심 상해한다면 보지 않는 게 맞다. 모른 척하는 게 옳다.

나는 자존심을 지키고
너는 착한 마음으로 배려하는 건 어떨까?
나는 착한 마음으로 배려하고
너는 자존심을 지키는 건 어떨까?
좋은 배려가 있다면,
자존심은 오만함이 아닌 착한 자존심으로

나만의 기준이 될 수 있다.

자존심은 나 스스로 지켜야 할 삶의 기준이기도 하지만

타인도 지켜줘야 할 중요한 인간관계의 기준이다.

자존심을 지키는 과정에서 열등감과 혼란하지 않았으면 좋겠
다. 쓸데없이 자존심만 있는 사람은 열등감으로 똘똘 뭉쳐있다
는 인상을 줄 수도 있으니까.

착한 자존심이란, 언제 어떻게 나를, 그리고 너를 지켜야 할지
분명히 알고 있는 섬세한 자존심이다. 착한 마음으로 누군가의
자존심을 지켜주는 건, 나에게 보여주고 싶은 이미지와 정도를
잘 알아서 그만큼만 다가가는 것이다. 주변에 착하게 자존심을
지켜나가는 사람이 많았으면 좋겠다.

하루하루를 살아내다 보면 의지하고 싶은 순간이 많이 생긴
다. 그렇게 착한 자존심을 지켜가면서 살아가는 사람에게 의지
하고 싶다. 그런데 자존심이라는 거, 꼭 지켜야 하는 것도 아니
다. 살면서 인생에서 자존심이 가장 중요한 사람의 끝은 그리
좋지만은 않더라. 자존심은 다른 사람에게 지지 않으려 하고 인
정받고자 하는 욕구인데 늘 이기고 늘 인정받으면서 살 수 없다

는 건 당연하다 못해 뻔한 일이다. 자존심 때문에 승부욕이 강하다는데, 세상에는 이기고 지는 것보다 중간에서 더 중요한 일이 많이 생긴다. 그러니 타인에게 자존심을 인정받고 더 잘하는 것보다, 나 자신이 나를 인정하는 게 먼저다. 다만, 나 자신을 긍정적으로 바라봐야 마음의 여유가 생기고, 여유가 있어야 타인도 가끔 일어나는 불행도 긍정적으로 바라볼 수 있다.

　나 자신을 긍정적으로 바라보고 안정감을 느끼면서 타인을 바라보는 시선도 긍정적으로 바라보는 게 생각이 성장하는 과정이다.

　자존심에 목메고
　자존감 찾아 헤메지 않고
　적당한 자존심과 자존감의
　밸런스를 유지하는 게
　가장 중요하다.

♡

♡

♡

나에게 맞는 평범함을 찾아서
딱 그만큼만 애쓰며 살아봐요 우리

좋은 어른
되기

꿈이 없던 시절을 지나고
직업으로 꿈을 말하던 시절도 이제 보내준다.

앞으로 맞이할 나이 든 내가, 멀쩡하게 늙은 나에게 꿈보다 소박한 바람이 있다. 한마디, 하나의 단어로 정의되지 않는 삶을 살면서 한순간의 화려한 장면을 꿈꾸지 않으면서 천천히, 그리고 조용히 흘러가면서 살고 싶다.

'작가'라는 한 단어로 나를 설명하는 게 아니라, 글을 쓰는 걸 좋아하지만 가끔은 글 쓰는 게 귀찮으면서 여전히 글을 잘 쓰는지 못 쓰는지조차 몰라 매일 아침 눈을 뜨면서부터 글을 쓰려 노력하는 데 반평생을 쓰고서는, 그래도 글을 쓰는 게 좋고 재믾다고 생각하는 작은 작가, 그런 부족한 한 사람, 그리고 여자이고 싶다.

어른이 될수록, 아는 것이 많아질수록 부족한 사람이라 느껴져서 모르는 것을 물어보면 언제든 정답을 잘 알려주는 좋은 어른이 곁에 있었으면 좋겠다고 생각했다.

어른도 좋은 어른이 필요하고,
선생님도 선생님이 필요하고,
엄마도 엄마가 필요하다.

그럴 때마다 좋은 어른의 좋은 조언이 늘 아쉬웠는데 실제로 주변에 좋은 어른이 없었다. 회사 다닐 때, 나보다 어른이었던 상사들은 가정에 대한 책임감으로 회사의 이익만 생각하는 사람이었고, TV 뉴스에 나오는 어른들은 보통 죄를 짓거나, 죄 비슷한 것을 짓고도 죄책감이 없는 사람이 대부분이었다. 주변에 존경할 만한 사람이 별로 없었다. 한때는 존경할 만한 사람을 이상형으로 꿈꾸기도 했는데, 존경할 사람을 위인전에서 찾아야지 왜 현실에서 찾냐고 하더라. 그렇다고 위인전을 열심히 읽는다고 해서 존경하는 마음이 막 뿜어져 나오진 않던데 뭐. 막상 어른이 되어보니 착한 사람, 좋은 어른이 잘 없다는 게 현실적으로 실감 났다. 다른 분야에서 교수님과 방송인, 연예인 등을 존경하려고 해 봤지만 그들은 나의 삶과 너무 멀기도 하고 내 삶의 방향과 너무 다르기도 하고.

가까이에 좋은 어른이 있어서 모르는 것을 물어볼 수 있고 존경할 수 있는 사람이 있다는 게 얼마나 근사한 일인데. 회사생활을 할 때 잘하기보다는 적당히 중간이 되고 많이 알고 있음을 티 내지 않으면서 일하려고 노력했는데, 반항할 용기를 잃어버린 이유는 나보다 직급이 높고 인정받는 여자 선배가 없어서였다. 회사 사정이 어렵다는 이유로 여직원이 먼저 정리의 대상이 되었고 그만두는 선배를 보면서 미래의 내 모습이거니 했다. 그런 일이 있어도 회사는 시스템대로 잘 돌아가니까. 그래서 어떤 시스템 안에서 한 사람이 좋은 사람, 좋은 어른이 될 수는 없나 보다.

그래서 내가 좋은 어른이 되어보기로 한다. 막상 좋은 어른이 된다고 생각하니 뭘 어떻게 해야 할지 몰라서 먼저 어른이 되기도 했다. 주변에서 그래도 어른답다는 말을 열 번 이상은 들었으니 이제 좋은 어른이 되어보기로 한다. 좋은 어른이 되려고 제일 먼저 한 것은 책을 읽고 스스로 하는 공부였다. 누가 시켜서 하는 공부 말고, 억지로 해야 해서 하는 공부 말고, 시험이나 자격증을 위한 공부 말고, 순수하게 나의 호기심으로 공부하는 사람이 별로 없다.

　세상에는 정말 다양한 사람이 다양한 가치관을 가지고 다들 다르게 살고 있으니, 깊이는 몰라도 다른 사람들의 얘기를 들으면서 공감할 수 있을 만큼의 얕은 지식은 있어야 한다고 생각했다. 다양한 분야의 사람들과의 대화에서 최소한 뭘 모르는지, 뭘 아는지 정도는 판단할 수 있는 만큼은 공부해야지. 정치, 경제, 사회, 문화 다방면을 알고 있어야 대화를 시작할 수 있고 한쪽으로 치우쳐 선입견과 편견을 피할 수 있으니까. 어느 정도 배경지식이 있어야 궁금해하고 질문을 할 수 있다. 질문할 수 있을 만큼은 알고 싶다. 아예 모르는 분야이거나 마음이 닫힌 사람은 질문도 '못' 한다. 그들은 '안' 한다고 생각하는 것이겠지만 엄밀히 말해서 못 하는 것이다.

모른다는 것을 들키는 게 부끄럽다는 생각을 하면서 못 하는 거다.

전문 분야가 있는 사람은 생각이 그쪽으로 쏠리기 마련이니, 좋은 사람이 되려면 생각이 쏠리지 않게 다른 분야도 다양하게 알아야 한다. 세상은 정말 아는 만큼 보이기에, 많이 알아야 잘 들을 수 있고 잘 들은 만큼 잘 생각할 수 있고, 생각한 만큼 제대로 말할 수 있어서 평생 공부해야 하고 배워야 한다. 아는 척은 금방 들키고 좋은 사람인 척하는 건 금방 지치고, 우리에겐 무한한 에너지가 있는 건 아니니 좋은 사람이 되려면 긴 시간 동안 나에게 주어진 유한한 에너지를 찔끔찔끔 잘 나눠 써야 한다. 시간이 아주 많이 필요한데, 좋은 어른이 되고 싶어서 노력할수록 어쩌면 그 시간이 평생일지도 모른다는 생각을 하게 되더라.

내가 생각하는 좋은 사람이란,
많은 사람이 함께하고 싶은 사람이다.

좋은 어른이란, 모르는 것을 묻고 조언을 듣고 싶어 하고, 새로운 것을 가르쳐 주고 싶은 사람이다. 꼭 나에게 지식과 정보를 주어야 좋은 사람은 아니다. 좋은 것을 알았을 때 가르쳐 주고 싶은 사람, 다른 생각을 들어줄 것이라는 믿음이 있는 사람도 좋은 사람, 좋은 어른이다. 우리는 일방적으로 배우고 가르치는 데 익숙하지만, 배움과 가르침은 늘 쌍방이라 나이 어린 사람에게도 많이 배워야 한다. 요즘은 더욱 그렇다. 그들이 새로운 것을 알려주고 싶은 마음이 생기는 어른이 좋은 어른 아닐까. 혼날까 봐 말해주는 거 말고, 답답해서 알려준다는 생각 말고, 원하는 게 있어서 유리한 것만 말고, 알려주고 싶은, 말해주고 싶은 마음이 생기는 어른 말이다.

좋은 것이 있어도 나누기 싫은 어른도 꽤 많다. 재미있는 이야기가 있어도 그 어른이 알게 되면 뭔가 속 시끄러워지고 복잡하게 되고 지금 재밌는 기분에 기가 막히게 찬물을 끼얹는 어른도 정말 많다. 이런 사회적 분위기를 탓하며 더 멀어질 게 아니라, 그런 이유에 대해 신중하게 생각해 볼 타이밍이라는 걸 깨달았으면 좋겠다. 물론, 생각이란 혼자보다 함께하면 더 좋다.

좋은 사람은 기쁠 때 생각나는 사람보다 힘들 때 생각나는 사람이다. 얘기를 들어줬으면 하는 사람, 기대고 싶은 사람, 의지하고 싶은 사람이다. 아무리 옳은 얘기를 명확하게 해주어도, 그 말이 맞는 건 알지만 듣기 싫은 사람이 있다. 벽 같은 사람도 많다. 아무리 대화를 시도해 봐도 그냥 벽이랑 대화하는 것 같은 사람이 생각보다 많다. 그리고 그런 사람 옆에 있으면 성격의 어딘가가 모나게 되고 표정에서 부정적인 생각이 드러난다. 중요한 것은 벽 같은 사람은 자신이 벽 같은지 모르더라고. 그런 사람은 좋은 사람이 될 수 없다.

우리가 좋은 사람이 되기 위해서는
말하는 기술보다
진심을 담는 방법을 먼저 배워야 한다.
진심이 담기면 말은 저절로 하게 되더라.
아니,
굳이 말을 잘할 필요가 없더라.
어설프게 말해도
시간이 오래 걸리긴 하지만
결국에는 알아들어 주더라.

. . .

꼭 착해야만
좋은 사람이 되는 건 아니다.
재밌는 사람도,
잘 들어주는 사람도,
매력 있는 사람,
곁에 두고 싶은 사람은
좋은 사람이 될 수 있다.
그리고 좋은 사람은 착한 사람이라고
기억된다.

착한 사람
콤플렉스

　나는 착한 사람 콤플렉스가 있다. 착한 사람으로 보이고 싶고 모두에게 잘해주고 싶은 마음으로 거절을 못 했다. 능력 밖의 부탁도 간절하게 말하면 통하는 사람이다. 거절해야겠다는 생각을 시도하면 0.1초 만에 심장이 두근거린다. 아니, 거절해야겠다고 다짐하면서 그 사람의 부탁을 들어줄 수 있는 이유를 줄줄이 떠올리고 있는 나는 도대체 왜 그럴까. 머리가 갑자기 바빠져 'NO'라고 말하면 내 마음을 오해하지 않을까, 이유가 핑계 같지 않을까, 부탁한 사람의 마음이 상처받지 않을까, 우리 사이가 틀어지지 않을까'하며 오만가지 걱정을 한다. 관계를 완전히 채워줄 만큼의 능력은 없으면서 나눠줄 마음이 많은 척한다. 보살핌을 받기보다 주변 사람들을 챙겨야 한다는 부담감으로 상대의 괜찮음을 살피는 습관 때문일까. 부탁을 들었을 때, 싫다고 말하면 그 사람이 '이 정도도 못 해주니?'라고 생각할 것 같고, 부탁한 사람의 성의를 무시한 것 같다.

 생각해 보면 부탁을 하는데 그 정도의 정성은 필요한 거 같긴 한데, 막상 부탁을 들을 때는 지나치게 배려 쪽으로만 똑똑해지느라 나에게 생길 수 있는 손해는 내가 감수하면 된다고 생각하고 있다. 확실하게 NO를 말하지 못하는 습관과 버릇은 늘 부탁을 들어주게 했다. 어색해지는 공기를 견디지 못해서, 거절하기 힘든 부탁은 하루 뒤에 대답할 수 있는 법을 만들어줬으면 좋겠다고 생각했다. 이런 생각을 하느라 더 거절하지 못했고.
 부탁의 과정에서 대답하지 못하고 고민하고 있으면 부탁하는 사람이 답답함을 느끼면서 오히려 강자의 입장이 된다. '그래서 해준다는 말이냐? 안 된다는 말이냐? 이제와서 안 된다면 어떡해?' 대답 없던 시간은 부탁하는 사람에게 오히려 힘을 실어 주기도 하더라.

 부탁도 사실 대화의 일종일 뿐인데, 대화라고 생각하지 못하고 부채처럼 느껴지는 건 그래도 그 사람을 좋아하고, 잘 지내고 싶은 마음이 깊은 곳에 있어서일 것이다. 어쨌든 그 사람이 아쉬우니까 제대로 거절할 수 없고 힘들더라도 한 번쯤은 그냥 들어주지 뭐.

이번이 마지막이야. 그렇게 포기와 체념, 후회하면서 남은 감정 찌꺼기는 내가 알아서 하지 뭐.

많은 사람을 겪으면서 알게 되었다. 부탁을 잘하는 사람에게는 부탁 정도는 아무 일도 아니었다. 가볍게 내뱉은 쉬운 말이었다. 말해보고 들어주면 땡큐고 아니면 어쩔 수 없고 하는 뭐 그런. 물론 자기 부탁을 들어주는 사람들만 찾아다니는 사람은 딱 그만큼의 사랑을 얻고, 딱 그만큼의 삶의 질을 유지하면서 산다. 신기하게 부탁을 잘하는 사람은 또 거절도 잘했다. 문제는 부탁을 잘하는 사람 옆에 있는 사람이다. 그런 사람들은 착한 사람과 호구의 갈림길에서 치열하게 고민하고 정신 똑바로 차려야 한다. 대화 같은 부탁을 자꾸 들어주다가는 부탁하는 사람이 꽃길을 걷는 동안 옆에서 호구의 길을 걷고 있을 테니까. 정말 해줄 수 없는 부탁은 거절하면 되지만, 진짜 문제는 들어줄 수 있는 부탁이다. '30분 늦어, 나 데리러 올래? 밥은 네가 사. 커피 한 잔만 타죠' 같은 별일 아닌 부탁, 착한 마음만 먹으면 얼마든지 들어줄 수 있는 부탁에 마음이 상하고 부탁 하나에 우울해진다. 솔직히 정말 별일 아닌데, 당연함에 묘하게 기분이 나쁘다. 생각이 많거나 미안함에 예민한 사람이 늘 더 힘든 것 같다.

이런 사람들 옆에서 호구길 걷지 않으려면 정신 바짝 차려야 한다. 30분 늦는 사람 앞에서는 기다리는 동안 책을 보든가, 쇼핑을 하든가 하면서 그 시간을 그 사람을 미워하는 데 쓰지 않고, 그 사람과 중요한 일을 진행하지 않아야 한다.

데리러 오라는 사람과는 만남 장소를 타협하는 법을 배우고, 밥 사라는 사람에게는 내가 밥을 사주면서까지 만날 만큼 그 사람을 좋아하는지 잘 생각해 봐야 한다. 커피 한 잔 타달라는 사람은... 음, 그냥 커피 정도는 기분 좋게 타 줬으면 좋겠다. 물론, 내가 커피를 좋아해서 차별하는 건 아니다. 히잇. 어쨌든 부탁을 하는 사람은 딱 그만큼 나를 생각하는 사람이고 그만큼의 인격이라는 걸 잘 알아야 한다.

그래도 착한 사람 콤플렉스가
당장 갖다버려야 하는

못된 바이러스는 아니라고 말하고 싶다.
착한 척한다는 게
콤플렉스를 안고 사는 일은 아니다.
착한 일을 하고 나면 고맙다는 인사도 듣고
상대의 웃는 모습을 볼 수가 있다.
뭐라 말로는 표현할 수 없는 뿌듯함.
부탁을 들어주면서 마음도 함께 전한다.
그렇게 좋은 관계가
더 돈독해졌다고 믿고 싶다.

거절을 잘할 수 없다면, 웃으면서 해줄 수 있을 만큼을 정하고, 혼자서 버거우면 함께 하자고 다시 부탁하는 습관을 가지는 것도 좋다. 부탁으로 시작한 사이라도 마지막을 함께 하면 이미 서로 많이 가까워져 있을 거다. 싫으면 무조건 거절하라. 손절하면 쿨하고 멋있긴 하지만, 그 뒤에 올 미안함과 불안함은 오롯이 내 몫이기에 쿨하고 멋있어지려다 불안해질지도 모른다. 당당하게 거절하라고 말하지 못하는 것 보면 나는 어쩔 수 없이 착한 사람 콤플렉스가 있는 사람인가 보다.

착한 콤플렉스를
즐기는 사람으로 살아야겠다.

사람은 마음이 편한 게 최고인 것 같은데, 그래도 누군가의 부탁을 받으면 내가 필요한 사람 같고, 부탁을 해결해 주면 뿌듯하면서 한결 다정해진 기분이다. 착한 척하고 한결 마음이 편할 때의 기쁨으로 늘 이 콤플렉스가 작동한다.

콤플렉스가 무조건 나쁘다고
누가 말했나.
열등감이 되어서 나를 괴롭히고
남에게 피해만 주지 않으면 되는 것 아닌가.
그래서 똑똑하게 착한 사람 콤플렉스를 이용할 거다.
콤플렉스는 있는 그대로는 별게 아닌데,
열등감을 느끼기 시작하면 문제가 된다.
열등감 후에 오는 부정적인 감정과 열등감으로
일으키는 자격지심 후의 감정이
사람을 힘들게 하는 것이니까.
그것들만 잘 비켜나가면 된다.

세상에는 별거 아닌 것들도 우열 가리는 일이 참 많은데
우열에서 우에 있어도 괴롭고 열에 있으면 더 괴롭다.
열에 있으면 지금이 괴롭고,
혹시 우에 있으면 우를 유지해야 하니까
앞으로가 괴롭다.
우열을 가릴 수 없는 일은 늘 고민으로
누구나 살면서 조금씩 흔들리고.

그런데 말입니다.
  착한 사람 콤플렉스를 가지고 살아본 결과 그렇게 나쁘지만
은 않더랍니다. 초등학교 때 아주아주 착한 아이가 있었다. 큰
욕심이 없어 보였고 친구들에게 나눠주는 것을 좋아했고 그럴
때마다 착한 친구는 착하게 웃었고 그 미소는 참 이뻤다. 그 애
의 것은 빼앗을 필요가 없었다. 색깔이 이쁜 펜이 있으면 친구
에게 한 번만 써봐도 되냐고 편하게 물을 수 있었다. 그 친구
는 항상 가까웠다. 쉽게 말을 걸 수 있었으니까 마음도 금방 가
까워졌다. 언제든 '물론'이라면서 웃으면서 빌려주었다. 착한 마
음이 고마워 누구든 친구의 펜을 아주 조심스럽게 사용하고 돌
려주었다. 모두 그 친구를 좋아했다. 모두 친구를 착하다고 애

기했고, 필요 이상으로 나누어 준다 싶을 때는 지켜주는 사람도 생겼다. 모르긴 몰라도 착한 친구는 행복했을 것이다. 학교에 오는 것이 즐거웠을 것이고 친구들과 좋은 시간을 보내고 거기에 플러스 알파로 나눠주는 즐거움까지 느끼면서 살아갔을 것이다. 나눠주는 것에 대한 기쁨을 알고 있었던 친구라면 개인적으로 성숙해져 가는 시간도 아주 의미 있었을 것이다. 반면, 자신의 것을 아주아주 잘 챙기고 절대 빌려주지 않는 친구도 있었다. 그 친구는 색깔이 이쁜 펜을 사면 자신의 이름을 쓰고, 자랑은 하면서 필통 속에 꽁꽁 숨겨 놓았다. 친구들이 한 번만 써보자고 하면 늘 눈을 45도씩 흘기면서 싫다고 했다. 친구들은 더이상 아무도 그 펜을 빌려달라고 말하지 않았다. 펜의 색깔이 별로 이쁘지도 않은데 뭐 그렇게 재냐고 조롱하는 친구도 있었다. 어느 날 갑자기 그 펜을 잃어버리게 되었지만 아무도 관심이 없었다. 무관심 속에서 펜이 이름을 써놓은 것은 아무런 의미가 없었다. 결국 책상에 엎드려 울고 있었지만, 주변에는 아무도 친구를 달래 주지 않았다.

그리고 아직도 난 가끔,
펜을 나누어 주던 친구가 그립다.

미움받지
않을 권리

누군가 그랬다.

우리에겐 미움받을 용기가 필요하다고.

미움받을까 겁이 나서 눈치 보고 상처받을까 걱정하면서 살아가는 사람들도 많다. 정신 똑바로 차리고 내 것은 내가 챙겨야 하는 메마른 사회에서 책임과 의무보다 권리가 더 중요하다고 생각하는 사람들이 많다. 이렇게 나를 사랑하면서 자존감을 높이고, 나를 챙기면서 자존심도 지켜야 하는 할 일 많은 사회에서 좋은 사람으로 살아가되, 내 권리까지 셀프로 챙겨야 한다. 도덕과 법, 다른 사람의 양심들이 내 것까지 세심하게 다 알려주지 않는 세상이다. 우리는 과연 용기가 없어서 미움받지 않으려는 걸까? 정말 용기만 있으면 미움받아도 괜찮은 걸까?

상처는 받고 싶어서 받는 게 아니고, 용기는 내야겠다고 다짐한다고 바로 생기는 마음은 아니다. 몸의 근육은 운동 열심히 하고 같은 동작 몇 번 반복하면 생기던데, 마음의 근육은 어찌 만들어야 하는지 잘 모르겠다. 상처는 많이 받는다고 익숙해지는 것도 아니고 헤어짐을 반복한다고 잘 이별하는 것도 아니고. 작정하고 나를 아프게 하겠다는 사람이 있다면 상처받지 않을 방법은 없고 상처를 받고 나면 상처가 아물 때까지의 그 시간을 보내는 것 말고는 할 수 있는 게 없을 때도 많다. 찾아가서 치료할 수 있는 병원도 필요하고 약국도 필요하지만, 일상에서 스스로 치료할 밴드도 필요하고 연고도 필요하고 소독도 해야 한다. 이럴 때는 혼자보다 약을 발라줄 사람이 있다면 더 좋더라.

나이가 들면서 사람들은 용기가 없어져서 그 대신 돈을 더 많이 벌고 싶어 하고 물질적인 것에 더 의지하는지도 모르겠다. 돈이 많으면 삶에 용기를 덜 내고 살아도 되기에 돈이라도 많으면 용기가 덜 아쉽다. 가끔 부자가 아닌 사람들이 더 많이 용기를 내야 하는 세상이라 많이 안타깝고 속상하더라.

난 분명 엄청난 상처를 받고 오랫동안 힘들었는데 상처 준 사람이 멀쩡히 잘 먹고 잘살고 있을 땐 정말 억울하다. 당연히 위로받아야 할 사람이 용기까지 내야 하나. 상처 준 사람이 사과를 해야지, 사과를 받아줄 때까지, 마음이 풀어질 때까지 사과해야지, 왜 상처받은 사람이 용기까지 내야 해. 누군가에게 미움받으면, 처음엔 괜찮다가도 자꾸 신경 쓰이고 심하면 멘탈이 무너지는 건 어쩔 수 없다. 미움의 크기에 상관없이 천천히 조금씩 무너지기도 하고 한 번에 와르르 무너지기도 한다. 미움받게 되면, 사랑받고 싶은 만큼 사랑이 충족되지 못하면 내가 미처 채워놓지 못한 빈틈을 아주 쉽게 치고 들어온다.

매일매일 행복해야 하는 건 아니지만 불행과 혐오는 피해갈 수 있다면 무조건 피하는 게 좋다. 매순간 배우고 꼭꼭 성장할 생각보다 내가 어떤 불행에 취약한지, 어떤 것을 혐오하는지 제대로 잘 알아서 불행과 혐오는 꼭 잘 피해갈 수 있길. 나에게 미움받지 않을 권리가 있다는 것을 잊지 말자. 당연히 누려야 할 권리를 위해서, 나를 위한 용기를 내는 것이다. 나의 권리를 침해한 상대를 용서할지 말지 스스로 고민하고 결정하는 것, 나의 상처받지 않을 권리를 침해한 사람을 이해해 줄지, 이해해 주지 않을지 똑똑하고 냉정하게 판단하는 것이 나의 권리를 제대로 누리는 방법이다.

용서는 해도 되고 안 해도 된다.

이해도 용서와 같다. 해도 되고 안 해도 된다.

용서는 앞으로 어떻게 마음을 다잡아야 할지

고민하는 과정이지

그 자체가 목적이 아니다.

우리는 사과하면 받고 마지막은 악수하고

맞잡은 손을 흔들며 사이좋게 지내야 한다고

강요받고 살았지만,

용서는 상처받은 사람, 용서하는 사람이

선택할 수 있는 용서하는 사람의 마음이다.

용서하고 이해해야 된다고 정해져 있는 게 아니다.

마음이 풀리지 않았다면

굳이 그 자리에서 용서하지 않아도 된다.

시간이 한참 지난 후에 해도 되고

끝까지 안 해도 된다.

아무도 용서를 강요할 수는 없다.

용서는 시간을 정해서 하는 게 아니라

마음이 풀리면 그때 하는 거다.

마음이 풀릴지 아닐지는
아무도 속단할 수 없고 시간이 흐른 뒤에
자연스럽게 해도 된다.

그런데
결국 용서하는 쪽이 더 마음 편하더라.
세상에 사람을 증오하고 미워하는 것만큼 힘든 일도 없으니
상처를 곱씹는 것보다 씻어 내고 잊어내는 게
나에게 가장 좋더라.
아마 우리가 싸웠을 때 사과하고 용서하는
사이좋게 지내라는 것도
이런 이유일 것이다.

잘못에 대한 형식적인 사과, 사과에 대한 용서가
마음이 풀어지는 과정은 제대로 배우지 못하고
결과만 배워서 강요가 되어버린 지도 모르겠다.
마음이 풀어지는 과정을
제대로 가르쳐주는 곳이 있긴 했었나 문득 궁금해진다.
그렇게 어른이 되어서 미안함을 느끼고

마음이 풀리는 것을 기다리지도 못할 만큼
사람들은 다급하게 살아가나 싶기도 하고.

미움받지 않을 권리를 지키기 위해서 우리는 착한 사람 콤플
렉스를 안고 살아가는지도 모르겠다. 매 순간 모두에게 사랑받
지는 못해도 미움받지 않고 싶다. 솔직히 미움받아도 얼마든지
나는 잘났고 괜찮다면서 쿨하게 잘 살 자신이 없다. 나이가 들
면서 자꾸 용기란 거 어떻게 내야 할지 잘 모르겠는데, 힘들게
낸 용기 미움받는 데 쓰고 싶지 않다. 나를 미워하지 말아 달라
고 외칠 용기가 또 아깝다.

용기 내는 것보다
착한 척하는 게 편하더라.

미움받지 않기 위해서라도
착한 척, 배려하면서 살아야겠다.
착한 척하다 보면 또 그게 진짜 내 모습 같기도 하고.
배려하다 보면 배려에 익숙해지고
그 다정함이 좋고, 마음 편하고

그거면 됐지 뭐.

미움 앞에서 당당할 수 있다면

너무나도 좋겠지만 뭐,

움츠러들어도 괜찮다.

아니 미움 앞에서 항상 냉정하고

환하게 웃을 수 있는 사람은 세상에 없다.

움츠러들었다가 더 단단해지고,

어깨를 펼 수 있는 시간이 우리에게는 필요하다.

그럴 때 좋은 사람,

착한 사람이 함께 있으면 더 편하고,

그 시간이 단축되더라.

시간이 지나면 자연스럽게 되어있는 것들에

감사함을 잊지 말길.

♡

♡

♡

살면서 싫은 게 많아진다 싶으면
좋아하는 사람을 만들어야겠다

평범할
권리

나는 나답게 사는 것이,
엄마는 엄마처럼 사는 것이,
친구는 친구처럼 사는 것이 평범하다.

인기가 많고 관심받아오던 사람은 많은 관심이 평범하고, 혼자가 익숙해서 혼자가 평범했던 사람에게 갑자기 집중되는 시선과 관심은 평범하지 못할 것이다. 그러면서도 평범하게 사는 게 가장 어렵다고 하는데, 그 어려운 것을 해내면서 우리는 살아가고 있나 보다.

잘사는 것, 행복해지는 것에 대해서 사람들과 얘기해 보면 각자의 할 말이 많다. 행복에 대해서 저렇게 열심히 많은 말을 한다는 건, 그 자체가 자신이 생각하는 나만의 행복일 텐데, 늘 마지막은 그래도 행복이 뭔지 모르겠고 잘 몰라서 행복하지 못하다고 마무리되어서 하루하루가 쓸쓸하고 버겁나 보다.

정답이 없기에 많은 사람들이 모일수록 할 얘기는 더 많아지고, 나이가 들수록 또 더 깊은 얘기를 하게 된다. 많은 사람들이 모인 자리에서는 깊은 얘기를 할 수 없는 것도 사실이다. 사람은 누구나 자신만의 습관과 가치관이 있는데 여러 사람들과 얘기할 땐, 조심하고 존중해야 할 것들이 많아서 깊은 얘기까지할 순 없다. 나도 여러 사람들과 말할 땐 책을 좋아하고 글 쓰는 걸 좋아하는 사람 정도로 소개하고 점잖게 앉아있는 편이다. 여러 사람들이 비슷하게 얘기할 수 있도록 배려하기 위함이기도하다.

그래서일까. 여러 사람과의 모임을 하고 나면 혼자 커피 마시고 싶다는 생각이 간절해진다. 삼십분 정도 커피 한 잔에 멍때리고 나야 이제 집에 가도 될 것 같은 느낌이 들더라고.

하지만 일대일로 만나면 달라진다. 그 사람과 나의 공통점을 찾고 비슷한 성향을 찾아 눈을 맞추고 대화한다. 내 사회성은 한 사람을 파악하는 정도밖에 되지 못해서 한 사람에 대해서 알고 한 사람에게만 나를 말하는 게 좋다. 그래서 둘이서 만났던 사람과는 친해졌다고, 혹은 친해지기 시작한다고 생각한다. 둘의 만남이 나는 더 좋더라.

나이가 들수록 안타까운 건 '나는 행복한 사람이야'라고 자신 있게 말하는 사람은 그리 많지 않다는 거다. 내 인생을 돌아보면서 다른 사람 얘기를 한다. '내 옆에 있는 사람이 고생 많이 했지. 참 고마운 사람이지'라고 말하는 사람은 더러 있다. 자꾸 뭔지도 모를 행복을 찾아 떠나는 길고 긴 여정, 그래서 인생이 짧다고 말하는 건가. 모두에게 동등하게 주어진 시간을 나에게 특별히 짧다고 생각하면서 지난 날을 후회하고, 그때의 젊음을 그리워하며 추억하는 것도 평범한 우리가 살아가는 방법이기도 하고.

우리에게는 모두 평범할 권리도 있다. 누구에게나 자기 자신이 제일 평범할 테지만, 평생 나 정도면 평범한지 그렇지 않은지 궁금증을 가진다.

나에게 맞는 평범함을 찾고 나답게 살아가는 것.
딱 그 정도 노력만 하면서 살면 된다.

평범하게 적당히 살고 싶은데 자꾸 특별한 사람이 될 수 있는 구체적인 계획을 세우라 하고 꿈을 가지라 해서 우리가 피곤해지는 거고. 자신이 원하는 게 뭔지 꿈이 뭔지 모르는 게 아니라, 제대로 된 정답 같은 꿈이 뭔지를 몰라 꿈을 꾸는 권리를 포기하는 사람들도 많다. 견뎌내는 하루 속에서 꿈을 꾸는 것도 사치가 되어 버린 요즈음. 세상이 변한다고 해서 사람과 사람이, 사랑이, 꿈이 변하는 건 아니다. 세상이 복잡해지고 나를 가르치는 것들이 많아진다고 해서 없던 정답이 튀어나오는 것도 아니고 갑자기 새로운 법이 생겨서 우리의 일상을 송두리째 바꾸지도 않는다.

세상이 아무리 변해도
여전히 꿈을 꾼다는 것은 특별함이고
누구에게나 있는 권리, 특권이다.
하루하루 달라지는, 까먹어도 되는 꿈도 꿨으면 좋겠다.

지금 잠시를 행복하게 해줄 수 있는 꿈을 많이 꾸었으면 좋겠다. 어차피 미래는 어떻게 될지 모르고 과거로는 돌아갈 수 없다. 그렇게 따지면 인생에서는 언제든 지금이 가장 소중한 순간이기에 꿈꾸면서 지금 행복하면 이미 충분하다. 잠시 행복해지고 친구를 만나면 단번에 잊어버릴 꿈이라도 지금 행복했다면 충분히 가치 있다. 매일매일 꿈꾸다 보면 꿈은 쌓여서 그 순간을 기억해줄 것이고 아마 내일은, 모레는 좀 더 재미있는 꿈을 꾸게 해줄 것이다. 꿈꾸는 게 재밌으니 꾸준히 하게 되고 무엇이든 꾸준히 하면 잘하게 되어있다. 그렇게 잘하는 것을 찾으면 된다.

사람 사는 게 다 비슷비슷하다고 하지만 가끔은 톡톡 튀는 사이다 속 탄산이고 싶다. 다른 사람의 마음에 들어가서 톡톡 자극을 주면서 하고 싶은 말을 다 하고, 달콤한 목 넘김처럼 자연스럽게 들어가서 혀의 달콤함을 주고 싶다. 세상을 바꾸진 못해도 목 넘김을 할 때 기분 좋게 톡톡 쏘아대는 탄산처럼 바른 말, 옳은 말도 하면서 살아가고 싶다. 세상이 나를 중심으로 돌아갈 것 같지만 나 없이도 세상은 지들끼리 알아서 잘 돌아간다. 그 속에 치고 빠지는 것이 나의 선택일 뿐이다. 세상에 칠 때는 열정을 다해서 제대로 쳐보고, 그러다 힘들면 세상 속에서 쏘옥 빠져나오는 것, 그렇게 오늘도 평범하게 그래도 착한 마음을 품으며 살아간다.

순수했던 10대로
돌아가면

어렸을 때는 어른들의 말을 잘 들으면
착한 어린이였다.

어른이 시키는 대로 잘하는 게 착한 건지 어른이 돼서도 여전히 잘 모르겠지만 그땐 그랬다. 친구들과는 착하다, 아니다를 구분하지 않았다. 그냥 친하다, 그렇지 않았다고 친구를 소개했고 친하지 않은 친구와는 시간을 함께 보내면 어렵지 않게 친해질 수 있었다. 지금 생각해 보면 순수했고, 순진했다. 나와 친한 사람은 착한 친구라고 얘기했고 나랑 놀아주는 자체가 착한 거였다. 나이가 어리니까, 나를 지켜줄 사람이 있으니까 허락되는 생각이었다. 솔직히 10대로 돌아가고 싶지는 않다. 부모님을 힘들게 하고 진로에 대해서 고민해야 하고 좁은 시선으로 넓은 세상을 봐야 하는 게 힘들다. 세상 앞에서 나의 부족함을 인정하면서 살아야 하는 느낌이라고나 할까. 누군가에게 보호를 받으면서 살아가는 것보다는 내 삶을 책임지면서 살아가는 게 더 매력적이다.

그때의 나보다 지금의 내가 더 좋지만, 착하고 순수했던 10대의 내가 가끔 그립긴 하다. 과거의 나에 대해 생각해 보는 건, 살아가면서 한 실수를 되뇌어 봐야 한다. 내 실수에 영향을 미친 사람들을 따져보려면 친구가 한 말을 의심해봐야 해서 별로 하고 싶지 않다. 만약 다시 10대의 나로 돌아갈 수 있다면, 나에게 '삼성전자 사, 엘지화학 사'라고 하지 않을 것이다. 삼성전자 주식을 사서 10년 후가 정해진 삶을 기다리면서 거만해지고 싶지 않다.

정해진 결과에 당연한 하루를 살아가고 싶지 않다. 다만, 그때 그 시절의 나로 조용히 돌아가서 착하게 살고 싶다. 가족의 사랑은 당연하고 부모님께 상처줄 수 있음이 딸의 특권이라고 생각하지 않을 것이다. 어렸을 때 썼던 말투를 그대로 지금까지 사용한다면 아마 다른 사람에게 말로 상처줄 일은 없었을 거다. 그렇다면 주변에 더 좋은 사람들이 많이 남아 있을지도 모르고.

어렸을 때는 좋아한다는 말 사랑한다는 말을 잘했다. 뽀뽀로 사랑을 표현하고 좋아하는 사람에게 안기려고 두 팔을 뻗었다. 안아주는 사람의 품에 폭 안겨서 편안함을 찾고 행복했다. 사랑하는 마음이 뿜어져 나와서 온몸으로, 말로, 표정으로도 사랑스러움을 표현할 수 있었다.

어른이 되어보니
사랑한다고 말하고, 표현하는 건
정말 엄청난 재능임을 알게 되었다.

참, 어렸을 때는 분명 잘했을 텐데, 사춘기를 겪고 사회생활을 해보니 사랑한다고 말하는 재능이 언제부턴가 없어져 있다. 만약 다시 천진난만함이 허락된다면, 꼭 어렸을 때 배운 말 그대로 어른이 될 때까지 예쁜 말로 대화할 거고 사랑을 표현하는 재능을 어른이 될 때까지 잘 키울 거다. 천진난만함이 허락된다는 건 참 근사한 일이다. 이제 불가능한 걸까?

엄마의 자리는 부엌이고 아빠의 자리는 일터라고 정해놓지 않을 것이다. 엄마를 뒷모습으로, 아빠를 회사 옷을 입은 사람으로 기억하지 않을 것이다. 엄마는 당연한 엄마이기 전에 한 여자로, 아빠를 당연히 나의 아빠가 아닌 한 남자로, 그렇게 부모님을 한 사람으로, 서로를 사랑하는 연인으로 기억하고 싶다.

해야 할 것들을 미리 알려주지 않을 것이다. 하고 싶은 일들을 찾을 수 있도록, 호기심을 가지고 궁금할 수 있도록, 궁금한 것 자체에서 느낄 수 있는 행복함을 알 수 있도록. 다만, 하지 말아야 할 것들을 알려줄 것이다.

하지 말아야 할 말들, 하지 않아야 할 행동, 하지 않았으면 하는 생각을 천천히 그때의 어린 내가 기분이 좋을 때마다 하나씩 말해 줄 것이다.

한꺼번에 잔소리하듯 쏟아붓지 않고 자연스럽게 알 수 있도록 느끼게 해줄 것이다. 한 번에 이해하지 못한다고 해서 혼내지 않고 이해할 수 있고 느낄 수 있을 때까지 천천히 오래오래 몇 번이고 얘기해 주고 싶다. 친구들에게 어떻게 마음을 쏟아야 하는지, 함께한 시간과 우정의 크기가 비례하는지, 사랑하는 사람이 다가올 때와 떠나갈 때는 어떻게 해야 하는지, 슬플 때 슬픔을 달래는 마음으로 울 수 있는 방법이 없는지에 대해 정직하게 곱씹어 볼 수 있게 해줄 것이다.

잘 보내주는 방법에 대해서 말해주고 싶다. 사람은 살면서 나이에 맞게 적당히 하는 일이 있다고. 물론 꼭 해야 하는 건 아니지만, 하지 않으면 외로울 수 있고 나만 뒤처진다고 생각할 수 있으니 그럴 때 어떻게 마음을 다잡으면 되는지, 여전히 그렇게 사는 사람이 많으니 나이에 맞는 것을 이루어 가는 친구와 잘 멀어지는 방법을 말해주고 싶다. 잘 보내주는 것이 서운할 일이 아니라 축하할 일이라고 토닥이면서 말해주고 싶다.

그런데 삼성전자는 살 것이다,
아주 많이.

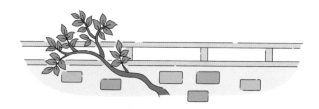

착한 노력을 하는 20대의 나로
돌아가고 싶다.

웃을 때 주름이 예쁜, 착한 표정과
다른 사람들이 편안함을 느낄 수 있는
태도를 가진 20대가 될 것이다.

　사회생활을 시작하고 그렇게 억울할 일이 많았다. 다른 사람
보다 열심히 노력했는데 그만큼 인정받지 못해서 억울했었다.
술자리보다 조용히 책보는 게 좋은 나는 회사에서 일하는 게 재
밌었다. 커리어우먼이 되어가는 과정이라 생각했고, 글 쓰는 게
좋았으니 보고서를 쓰는 일이 적성에 맞았다. 회사에서 처리하
는 업무량은 많아져 갔지만 그만큼 보상이 주어지는 건 아니었
다. 회사의 시스템은 내 능력에 따라 실시간으로 바뀌는 유연한

건 아니었고, 그걸 받아들이고 인정하는 데 한참의 노력이 필요했다.

늘 내 방식대로 최선을 다하면서 인정받지 못하는 억울함이 태도로 나오는 사람이 되어 주변 사람들을 괴롭혔다. 넘치게 노력하는 법은 알아도 잘 기다리는 법은 몰라서 결과에 만족하지 못해 힘들었다.

그때의 나는 속도가 빠르고 싶었다. 나보다 잘난 사람이 넘치니 무조건 빨라야 한다고 생각했다.

하지만 내 속도가 빠르면 나만 지칠 뿐, 사실 달라지는 건 별로 없다. 내가 빠르다고 사회가 내 속도를 따라오는 것도 아니다. 속도 하나 빠르다고 쉽게 중요한 사람이 되진 못한다. 그저 속도가 빠른 사람일 뿐, 속도가 빠른 사람이 필요할 때 생각나는 사람일 뿐, 그 이상도 이하도 아니다.

내가 아니면 안 될 일 같아도,

내가 안 하면 다른 누군가가 해내고,

나처럼 확실하게 하진 못해도 어떻게든 비슷하게는 해낸다.

한 사람이 하지 못하면 서로 돕고, 도우면서 더 좋은 결과를 얻어내기도 하고. 세상은 무조건 내가 답이 될 수 없고 가족이 아니고서는 나 아니면 안 되는 일은 없다. 사회는 그렇게 이루어져 있더라. 그러니 하루아침에 망하는 내일도 없는 거다.

이제야 겨우 그 시간을 함께 해 준 사람들은 얼마나 힘들었을까 생각한다. 그리고 미안한 마음을 가져본다. 첫 사회생활, 첫 경험을 하면서 힘들었던 나만 안쓰러웠는데 이제야 그때 나와 함께 해준 사람들에게 미안해지는 건 조금은 어른이 되었다는 것 아닐까. 그때의 나를 함께 견뎌준 사람들과 여전히 연락하며 가끔 과거를 말할 수 있는 건 그래도 잘 살고 있는 거라는 위로가 된다. 그때 곁에 있던 사람들을 일일이 다 찾아내서 사과할 수 없으니 지금 곁에 있는 사람들을 소중히 아끼면서 그때의 나처럼 사는 사람들에게 좋은 사람이 되어주고 싶다.

사람의 기분은 표정에서 드러나고 온몸의 표정들이 모여 태도를 만든다. 기분이 표정에 그대로 드러나고 태도가 되는 사람은 어른스럽지 못하다 하고, 어른들 사이에서 어른답지 못한 것은 부족함이 되더라고. 사람들은 나쁜 기분, 나쁜 표정, 나쁜 태도를 지적하지만 좋은 기분으로 예쁜 표정을 짓고 괜찮은 태도를 칭찬하는 것에는 인색하면서 예의 바름이 당연하다고 말하는 사람도 많다. 기분이 태도가 되지 않게 애쓰려니 하면 안 되는 것들이 너무 많다. 사람마다 조심해야 하는 것들이 다른데 많은 사람을 만나는 것은 마치 지뢰찾기 게임 같다. 난 그 게임 잘 못하는데.

그냥 기분 좋게 살았으면 좋겠다.
기분이 태도가 되어도 되는 사람이고 싶다.
표정, 태도, 이미지 다 신경 쓰면
피곤해서 어떻게 살아.
기분이 좋으면 자연스럽게
좋은 표정이 나올 거고
좋은 태도가 만들어지겠지.
나의 좋은 표정을 칭찬해줄 사람 옆에서
예쁜 말 하면서, 좋은 말을 들으면서 살면 된다.
나의 태도를 지적하는 사람보다
예쁜 표정에 같이 웃어줄 사람을 더 사랑하면 되니까.

그래서 착하게 살아갑니다

만약 내가 20대로 돌아간다면 순수한 마음을 놓치지 말고 살아가라고 하고 싶다. 착하게 살라고 말해 줄 것이다. 살면서 지식은 늘어가고 아는 것은 많아진다. 도망가는 법, 쉽게 사는 법, 경쟁하지 않고 좋은 친구를 사귀는 법, 각종 노하우들이 쌓여가지만 순수해지는 법은 늘 어렵다. 어쩌면 불가능할지도 모르겠다. 30대의 지금 당연히 알고 있는 것들은 하나도 알려 주지 않고, 착한 마음속에서 헤매고 실수하고 가끔은 힘들어도 주위 사람들의 도움을 받아서 일어날 수 있는 기회를 주고 싶다.

아,
주변 사람들의 도움을 감사히 받는 방법 정도는
얘기해 주고 싶다.
애쓰고 살아도 괜찮고,
애쓰지 않고 살아도 괜찮다고 말해주고 싶다.
애쓰고 살면 애쓰면서 한 선택에 맞는
인생이 만들어지고,
애쓰지 않고 내려놓으면서 살면
또 그만큼의 편안한 시간으로
인생이 채워져 있을 테니까.

어떤 인생이 내 앞에 있느냐가 중요한 게 아니라 얼마나 만족하고 행복하게 살고 있느냐가 중요하다고 말해주고 싶다. 만족하고 행복할 만큼은 그때의 나도 노력하지 않을까. 다른 조언 같은 게 없더라도 그 정도는 잘할 것이라고 나를 믿는다.

스무 살은 특권인지 알았는데 약속 시간이었나 보다. 앞으로 어떤 일을 하며 어떻게 살아가겠다는 나 스스로에게 하는 삶에 대한 약속. 지나버리면 늦어버리는 시간. 보통은 약속 시간에 늦으면 기다려 주는 사람도 있고 미안하다는 말로 슬쩍 지나갈 수 있지만 나의 스무 살이 잘 기다려 주진 않았다. 진작에 시작했었어야지 이제 와 무얼 하냐고 한다. 내 실수와 실패를 책임져 줄 것도 아니면서.

어렸을 때 했던 착했던 생각과 다짐들, 순수했던 마음들을 다 하나하나 붙잡고 기억하고 싶다. 그러면 내 주위에는 더 좋은 사람이 남아있을 것이고 더 좋은 내가 되어 있을지도 모른다. 후회하는 건 아니다. 그때의 나도 아마 최선을 다해서 살았을 것이다. 모든 순간 최선의 선택을 했다고 믿는다. 다만, 혹시 다른 사람에게 상처 줬을지도 모를 순간을 찾고 싶다. 그래야 나중에 더 철이 들고 후회한다면 사과라도 할 것이며, 머쓱해하는 시간이라도 가질 것 아닌가.

착한 30대가
되고 싶다

착한 30대를 보내고 있는 걸까?
좋은 30대를 만들어 가고 있을까?

30대는 어른의 시작으로 지금까지의 능력과 노력으로 기반이
나타나는 시기다. 30대에 적당히 사회에 불만을 가지고 있지만
그래도 착하고 좋은 마음으로 소소한 행복을 느끼면서 살고 있
다는 것은, 견딜 수 있는 만큼만 실패하면서 잘 살아온 것이라
할 수 있다.

견딜 수 있는 만큼만 실패하면서 사는 게
우리 보통의 삶이니까.

가끔은 잘살고 있는지, 지금 행복한지도 헷갈린다. 내가 누군가에게 좋은 사람인지, 내가 나에게 좋은 사람인지 가끔 궁금해진다. 이제 시작이라고 말하기에는 늦은 감이 있지만 아직은 젊다고 믿고, 끝보다는 시작이 어울리고 싶다. 삶을 마무리해야하는 나이는 아니다. 인생의 절반도 살지 않았으니, 늦은 것도 분명 아니다.

서른. 철이 든 것 같기도 하고 어른이 된 것 같기도 하다. 지금에서야 이렇게 생각하지만, 그때는 철은 확실히 들었고 분명한 어른이라 생각했다. 나는 여전히 철없이 사는 철없는 어른이고 싶은데, 그래도 마음 한켠에는 철은 들어야 할 것 같고 다른 사람에게 의지하지 않고 혼자 버티고 싶기도 하다.

솔직히 어른이고 싶을 때는 어른인 척하고
어른인 게 버거울 때는 어른이 아닌 척한다.

어른이 될수록 세상에 잘 모르겠다고 말하면 안 된다는 것을 잘 알고 어제와 비슷한 시간에 하루를 시작하고 늦잠 자고 싶어도 출근해야 할 곳이 있음이 몸은 힘들지만 불안하지는 않게 해준다. 그렇게 사는 게 잘사는 것이라고는 하니까. 매달 같은 날

짜에 방문해주시는 카드값님을 위해서라도 꼬박꼬박 정해진 날 짜에 월급은 들어와야 하고.

'이미 늦었어, 넌 못 할걸. 넌 욕심이 너무 많아'

라는 말에 젊었을 때는 발끈했다. 두고 봐라, 해내고 만다고 다짐하면서 승부욕을 불태웠다. 처음에는 의지에 불타서 시작했 던 일은 동기부여가 되었지만, 모두 불타 없어져 시커멓게 재가 된 일은 늘 그르쳤다.

힘이 들어가서 시작한 일은 중간 정도 해내면 힘이 빠졌다. 왜 이렇게 열심히 하고 있나 의문을 품게 되고, 이렇게까지 해야 하 나 고민했다. 뭐든 중간에 멘탈이 흔들려 버리면 망치게 되어 있다. 초심으로 돌아가자는 말 참 싫어하는데, 처음에 가졌던 마음이 필요한 순간이 꽤 많다. 무엇보다 진짜 좋아하는 일인 가, 진짜 원하는 일인가를 헷갈릴 때, 내가 좋아하는 일인가 고 민이 시작된다는 건 이미 뭔가 잘못되고 있다는 거다. 스톱해야 할 충분한 이유다.

희한하게도 너무 열심히만 하지 않아도 해결되는 일도 많다.
힘을 빼면 되는 일이었다.
확실히 눈에 힘을 빼면 더 많은 것이 보인다.

주변에서 하는 부정적인 말에 정말 '욕심이 과한 건가'라고 생각해 보고 그게 아니라는 확신이 필요했을지도 모른다. 확신을 위해서는 여유가 필요하고 여유를 위해서는 쉼이 필요하다. 쉬면서 여유를 가지고 확신을 갖고 다시 생각해 보면 가끔 욕심부려도 괜찮고 과해도 괜찮다는 것도 알게 된다. 만약 과하게 욕심부리고 있다면 내가 왜 그러고 있는지 제대로 아는 게 더 중요하다고.

사실 첫 번째 책을 쓸 때까지만 해도 세상에 불만투성이였다. 삼십 대 중반이 넘어가는 결혼한 여자는 회사 생활을 그만 둬야 되나 고민했고 결혼, 임신과 출산 앞에서 현실적 차별과 정해진 시스템에 나를 잘 구겨 넣는 게 사회생활을 잘하는 거라 생각하면서도, 또 그렇게 하려니 세상에서 제일 억울한 사람이었다.
맞지 않는 옷을 입고 예쁘다고 말해주지 않는 사람에게는 다 화를 내면서 예민하게 굴었다. 물론 내가 화나는 거 말고는 아무엇도 달라지는 게 없었다. 억울함은 쌓이고 회사가 싫어지고 그만큼 주변 사람들은 힘들어지고, 변화라고는 그게 다였다. 변해야 하는 건 내 얘기를 별로 듣지 않으면서 그 자리에 있었다. 그래도 매달 통장에는 '이 정도면 잘 사는 거 아닌가' 오만하기 좋은 만큼 돈이 쌓였다.

사실 회사 생활이 억울한 일만 있었던 건 분명 아니었는데. 무엇보다 규칙적인 생활을 했고 사람들을 만났고 일을 배웠다. 회사에서 배운 것들로 일상생활을 편하게 하기도 했다. 많이 울고 웃었던 나만의 보통의 일상을 만들어 준 곳이다. 가끔 차별받는 것 같아도 배려받았던 순간도 많이 있었고, 지시와 강요만 있었던 곳 같아도 좋은 가르침과 따뜻하게 감싸주던 순간도 있었다. 모난 마음으로 억울함만 말해도 허허 웃어주시던 좋은 상사분도 계셨고.

억울하고 힘든 마음이 들 때, 감사함을 함께 생각하지 못해서 그래서 더 힘들었던 것 같다. 잘난 건 다 내가 잘해서고 잘못된 건 다 남 탓이라고, 나에게 유리했던 거, 감사한 거 그건 그거고, 억울한 건 억울하다는 못된 심보였던 난, 시간이 많이 지나야 비로소 겨우 반성할 수 있는 것 같다.

. . .

두 번째 책이 나올 때쯤은

미안한 마음이 생겼다.

세상에 나를 구겨 넣으면서

억울하다고 온몸으로 말하던

나의 곁에 있어 주던 사람에게 미안해졌다.

얼마나 많은 사람들에게 상처를 주고

고슴도치처럼 화난 사람으로 살았나.

나와 함께한 첫 직장,

첫사랑에게

미안하고 고마웠다.

앞으로도 미안해할 줄 아는 사람으로

성장해 가고 싶다.

누군가에게 착한 마음이 먼저 생각나는
좋은 어른이 되어 주고 싶다

어떤 선택과 포기 앞에 나의 의지 말고
다른 것들을 걱정하지 않으며 살고 싶다.

하고 싶은 일을 즐기면서 실패 앞에서도 좌절하지 않고, 얼마
든지 다른 일을 시도하는 데 별다른 고민이 없었으면 좋겠다. 개
인적 관점으로는 세계평화보다 자기 마음의 평화가 더 중요하다.

삼십 년 하고도 더 살아보니,
인생의 모든 과정을 다 거치면서
사회에서 정해 놓은 의무 같은 일을
어느 정도 해 놓고 나면 비로소 착해지고 싶어지더라.

원 없이 노력해 보고,

원 없이 상처받아 보고,

원 없이 싸워보고,

명품도 질러보고

가지고 싶은 것을 다 가져보고 나면,

아무리 노력해도,

아무리 상처받고,

아무리 싸우고,

아무리 명품을 쌓아도

세상이 매일매일 비슷하게 흘러가고 있다고

문득 깨닫게 될 때가 있다.

인생에서 애쓰며 억지로

노력하면서 살고 싶지 않은 시간이 온다.

아무리 정성을 쏟은 노력도 누군가에게는 억지의 애씀일지도 모른다는 생각을 문득 하게 된다. 세상은 돈으로 살 수 없는 것이 분명히 있고, 아무리 예쁜 사람도 누군가에게는 미워 보일 수도 있는데, 착한 사람과는 일부러 시비를 걸지 않는 이상 싸우기가 참 힘들다.

착하게 살아보면 세상이 어떻게 보일까? 힘을 빼고 한 템포 느리게 살아보면 세상은 좀 다르게 보일까? 여유를 가지고 세상을 다시 바라보면 그동안 보지 못한 어떤 것들이 있을까?

20대에는 도도하고 세련된 여성이 되고 싶었다. 얼굴의 단점을 똑똑하게 가려주는 화장과 높은 하이힐, 날씬한 몸매와 명품으로 나의 가치를 높일 수 있다고 생각했다. 똑똑한 여성이 되어 옳은 말은 꼭 해야 하고 아니라고 말할 때는 최대한 나에게 집중할 수 있게 가시 있고 차갑게 NO를 말했다.

머리 아프게 손해 보는 사람을 생각하는 지혜로운 사람보다 이익을 남기는 똑똑한 사람이고 싶었다. 이기적이더라도 적어도 손해는 보지 않으려고 온몸에 힘을 꽉 주고 살았다.

좋은 게 좋은 거고 대충 넘어가자는 성격은 친구들과 있을 때는 편하고 좋았지만 회사에서 돈을 만지는 일에는 전혀 도움이 되지 않았다. 장부의 500원이 남는다고 주머니에 챙겨 넣어서도 안 되고 500원이 부족하다고 채워놓는다고 해결되지 않았다. 남든 부족하든 틀린 장부였다. 퇴근 후의 시간이 500원보다 소중했지만 근로계약을 맺었으므로 그 500원을 찾아내야 했다. 무엇보다 나 자신이 찝찝했고 찝찝함이 싫었다. 철없던 덜렁이가 회계일을 하면서 배운 점이었다.

얼른 30대가 되고 싶었고 자리 잡고 안정적이고 싶었다. 결혼이 해야 할 일의 마지막 관문이라고는 생각했다. 내 의지로 한 생각인지, 사회적인 틀에서 억지로 한 생각인지 정확히는 잘 모르겠지만, 뭐 중요한가. 어쨌든 시간은 흘렀고, 30대가 되어서 결혼을 했으니, 어차피 사회가 만들어 놓은 틀 속에서 아등바등하고 있음은 분명하다. 결혼하고 세상을 조금 더 알고 보니, 주먹을 꽉 쥐고 손에 넣고 있었던 것들보다 부드럽게 손을 폈을 때, 손 밖에 있는 더 중요한 것들이 보인다. 손에서 흘러내린 것들은 보내주고 손바닥 위에 스스로 남아있는 것들을 잘 지켜야 되더라고. 손을 꼭 쥐고 있을 때는 손에 쥐고 있는 것들이 흘러나올까 봐 전전긍긍하면서 손만 바라봤는데, 손을 펴보니 비로소 더 먼 곳까지 시선을 돌릴 수 있다. 살아가는 건 딱딱하고 똑똑한 사람보다 부드러운 지혜로움이 필요할 때가 많다. 사람의 이목구비가 뚜렷하고 예쁜 얼굴과 날씬한 몸, 명품 가방이 사람이 가치가 아니라는 것을 알게 되었다.

살면서 욕심과 능력 사이에서 타협하다 보면 적당히, 자연스럽게 알게 된다. 자연스러운 얼굴의 주름과 온화하게 웃는 표정과 우아한 말투가 한 사람의 살아온 과정을 나타낸다는 것을 알게 되었다.

누가 알려 준 건 아니다. 많은 상처와 후회, 시간이 알게 해준 것이다. 결혼을 하고 외모 관리에 투자했던 돈과 시간을 건강 관리에 쓰게 되었고, 자연스러운 건강함이 더 아름다워 보이는 건 조금은 성숙해져서일까.

삼십 대 중반이 된 지금은 착해졌다, 편안해 보인다는 말을 많이 듣는다. 나의 취향과 성격, 내가 달라진 것은 아니다. 나는 그대로인데, 다만 나를 표현하던 방법이 부드럽게 바뀌었다. 나를 따뜻하게 드러내는 방법을 알게 되었다.

착한 척하지 못했던 과거의 나,
이제는 착한 척,
그만큼 마음의 여유를 가지고
배려하면서 다정하게 표현할 줄 안다.
나이가 들수록 다정해져서
참 다행이다.

♡

♡

♡

나의 사소한 것들을
궁금해 하는 사람을 만나요 우리

나의 착함이
타인에게 주는 기회

　착한 사람은 손해를 보고 살 것이라는 생각을 많이 하고 손해를 보지 않기 위해서 착한 마음을 포기하는 사람도 많다. 이 험한 세상을 착한 마음으로 살아가면 당연히 손해 보고 상처받고 빼앗기면서 살 거라 단정 짓는다. 드라마에서나 영화에서도 주인공의 착함은 꼭 누군가에게 이용당하기 위함인 것 같은데, 엄밀히 말하면 착한 주인공이 당하는 것은 착하기 때문이 아니다. 착한 마음을 이용하려 하고 괴롭히는 사람이 나쁘기 때문이다. 나쁜 사람이 착한 사람을 괴롭히는 것이 잘못된 것인데도 '저 덜떨어진 놈, 저렇게 약해 빠져서 당하고 산다'고 손가락질 하지만, 원인과 결과를 제대로 따져보지 않고 일단 착한 사람을 비난하고 보는 그런 사람들이 잘못된 것 아닐까.

드라마의 주제는 '착하게 살면 남들이 쉽게 보고 삶이 고달파지니 착하게 살지 말자'가 아니라 '착한 사람을 괴롭히는 것은 나쁘니 착하고 약한 사람을 괴롭히지 말자'가 되어야 하지 않을까. 착한 사람을 괴롭힌 사람이 감옥을 가거나 후회하는 엔딩이 아니라, 법으로 벌을 받는 것은 당연하고 그 후에 어떻게 망가져 가는지, 반성하는 시간이 얼마나 괴로운지, 후회하는 삶이 얼마나 허무한지 보여주거나, 착한 사람이 착하게 살았기 때문에 성공했고 그 이후의 삶을 잘 보여줄 수 있는 드라마나 영화도 나왔으면 좋겠다. 가해자는 꼭 피해자보다는 더 피폐해졌으면 좋겠다.

힘든 일이 생기면 최악을 걱정하면서 하루하루를 버텨내지만, 우리는 최악과 최상의 그 중간 어디쯤에서 고민하고 성장하면서 산다.

상상하는 최악의 상황은
잘 일어나지 않고
걱정하던 일은 사실,
일어나지 않지만 일어날까 봐 두려운 일이다.
최악의 상황이 될 것 같으면

나에게 그런 면이 있었나 싶을 정도로
힘을 내서 견디고,
부족한 건 주변의 사람들에게
도움을 청하면서 나름 준비를 한다.
우리 모두에게는 그 정도의 힘은 있다.
물론 이럴 때 주변에 좋은 사람들이 있어 주면
감사함을 느끼며 혼자보다
상황을 잘 지나갈 수 있다.

주변에 좋은 사람이 많다면, 내가 좋은 사람이었다면, 함께 기다릴 수 있다면 생각보다 쉽고, 자연스럽게 지나가는 일도 많다. 착한 마음은 사람의 마음을 움직이는 힘이 있다. 남의 것을 빼앗는 강압적인 힘보다 훨씬 더 강력하고, 부드럽게 작용한다.

가끔은 착한 주인공이 민폐녀가 되기도 하는데 '쟤는 쓸데없이 왜 착해서 민폐나 끼치고 다녀. 다 큰 성인이 말이야, 처신 잘해야지'하며 손가락질 하는데, 착한 사람의 착한 마음 자체를 탓하고자 하는 건 아닐 거다. 누구나 실수는 할 수 있지만 자주 하면 안 되고 실수가 반복되면 능력을 의심받게 되어 있다. 이용당했다면 금방 알아차려야 하고 스스로 당당하게 다음의 일을 해결할 수 있어야 한다. 한 번 이용당했다고 자책하지 않고 자존감을 지키고 두 번 이용당하지 않을 방법을 찾아야 한다. 적극적으로 잘못된 것을 찾아서 바로 잡으려고 스스로 노력해야 한다.

착한 마음을 보인다는 것은 다른 사람에게 나와 친해질 기회를 주는 것이다. 평소에 착하고 긍정적으로 생각되는 사람과 이기적이고 계산적으로 따지는 것을 좋아하는 사람이 있다. 누구에게 더 마음이 가고 누구와 더 가까이 지내고 싶은지, 이 두 사람이 어려움에 처했을 때, 누구를 더 돕고 싶은지는 금방 답이 나온다. 단점보다 장점에 집중할 수 있게 하고 어떤 사람인지 더 쉽게 보여줄 수 있다. 굳이 애써서 장점을 보이려 하지 않아도 나를 긍정적으로 생각하는 사람의 눈에는 나의 장점이 아주 잘 보일 것이다. 솔직한 나에게 집중해 있는 모습은 자연스럽게 나를 보여줄 기회가 되는 것이다.

다른 사람에게 나와 친해질 기회를 주면서,
내 판단으로 사람을 가리면서 중심을 잡고 사는 건
꽤 근사한 일이다.

♡

♡

♡

03장

그래도 착하게 살아갑니다

가장 좋은 기억버튼은 사람인 것 같아요
나도 누군가의 좋은 추억버튼이길

불안하지만 않아도
반은 잘사는 것이다

잘 생각해 보면 어떤 큰일이 일어났을 때보다,
불안할 때 더 불행하다.

어떤 문제가 발생하면 그 일을 해결하기 위해서 최선을 다해서 노력하는데 정신 바짝 차리고 문제에 집중해서 하나하나 해결해 나가면 세상에 못할 일이 별로 없다. 능력 밖이라 판단되면 적당히 포기하고 타협하고, 신기하게도 문제를 해결해 나가면서 도와주는 좋은 사람들도 만나고 힘들 때 만난 사람과 평생 함께 하기도 하고, 심지어 시간이 지나면 그때가 더 좋았다고 추억하기도 한다. 좋을 때 함께 기뻐한 사람보다 힘들 때 함께 고생한 사람과 더 깊은 관계가 되는 건 어쩌면 당연하다. 노력하는 동안은 보람도 느끼고 뿌듯하기까지도 하다. 이 정도면 인생 전체로 봤을 땐, 힘든 일이 꼭 피해갈 건 아니라는 생각도 든다. 물론, 인생 전체로 자신을 되돌아보는 건 정말 많은 경험과 상처와 연륜이 있어야 가능한 일이지만 어쨌든 힘든 시간을 보내는 건 그만큼 성장하는 계기가 된다. 아프니까 청춘이고 힘든 게 당연하다는 말은 아니다.

다만, 살면서 자연스럽게 생기는 고비는 자연스럽게 넘어가면서 자연스러운 노력은 했으면 좋겠다. 어쩌면 그 자연스러운 노력만큼이 진짜 내 능력일지도 모르니까.

사업 실패로 폐업할 때보다 실패를 인정하기까지, 폐업이라는 결정을 할 때까지, 연인과 이별할 때보다 이별을 마음먹기까지가 더 혼란하다. 불행이 확정되기 전 더 큰 불안함을 느끼는데 그때가 더 불행하다고 느낀다.

사람들은 행복하게 살고 싶어 한다. 나이가 들수록 삶은 적당히 이루어진 것들로 이미 채워져 있어서 잃을 게 많아지면 변화가 두렵다. 그래서 어른이 되면 일상 속의 소소한 행복이 더 소중해진다. 취미생활을 하고 운동을 하고, 공부를 하는 것 모두 나만의 행복을 찾는 방법인데 취미생활, 운동, 공부를 하는 것 자체가 행복할 수도 있고, 행복해지는 과정이 될 수도 있다.

사람마다
행복을 찾는 과정도,
행복의 정의도,
행복해지는 속도도 다 다르다.

하고 싶은 것은 많은데 할 수 있는 게 별로 없으면 사람들은 만족하지 못하고 불행하다고 느낀다. 단순하게 행복해지려면 하고 싶은 일을 할 수 있는 능력치를 올리면 된다. 물론 욕심을 줄이는 방법도 있지만, 요즘처럼 광고가 쏟아지고 혹하는 게 많은 세상에서 욕심을 줄이는 게 세상에서 제일 힘들다고 말하는 사람이 많으니 그건 패스.

사람들은 행복해지고 싶다면서 재밌는 것을 찾는다. 나이가 들어보니 웃을 수 있는 일이 재밌는 게 아니라 마음 편안한 일이 재미있는 일이더라. 재미있다는 뜻이 달라져서 과하게 웃기는 일에는 어김없이 부담스럽고 불편해진다. 심심한데 웃긴 일을 찾는다고 행복해지는 건 결코 아니다. 재밌는 일은 그 재밌는 순간이 끝나면 바로 현실로 돌아오게 되고 다시 더 재밌는 뭔가가 나타나야 하는데 세상에 나를 평생 웃겨줄 일은 없다.

그러니

행복 앞에 지치지 않기 위해서는

재밌는 일을 찾는 게 아니라,

나를 불행하게 하는 것들을 제거하는 연습이 필요하다.

행복해지고 싶다면 불안을 느끼는 요소에 대해서

잘 생각해 봐야 한다.

우리는 대부분 일어나지 않을 일을 걱정하면서 불안함을 느끼는데 삶의 경험치가 쌓이면, 이 또한 잘 지나갈 거란 생각을 하면서 불안함이 조절되기도 하더라. 가진 게 많아서 불안할 수도 있으니 이럴 땐 당연하다고 생각했던 것들에 대한 감사함을 느끼면 된다. 불안함을 걷어낸 자리에 일상의 다행인 것들, 감사한 것들로 잘 채우다 보면 어느 순간 만족하게 되고 행복하게 된다. 어렸을 때보다 나이가 들수록 불안함이 커지는 건, 어렸을 때보다 이루어 놓은 게 많아서일 것이다.

그럴 때는 비우기가 필요하다. 세상엔 차라리 모르면 속 편한 것들도 많다. 자기 전에 내일 아침을 생각했을 때, 걱정할 거리가 없기만 해도 우린 잘살고 있는 거다. 불안하지만 않아도 주변에 좋은 사람이 있는 거다.

. . .

혹시

특별히 불안하지 않으면서 살고 있다면

지금 곁에 있는

좋은 사람에게

감사함을

느끼면서 살자.

진심으로 사는 게
요령껏 사는 것

글을 쓰기 시작하면서
인스타그램을 시작했다.

좋은 글을 쓰고 싶었고 나름 글 쓰는 건 자신 있었는데 생각만큼 많은 사람들이 읽어주진 않았다. 쓰는 사람으로서 읽는 사람들의 마음이 궁금하기도 하고 사람들과 소통하고 싶어서 일상 사진을 올리면서 인스타를 시작했다. 일상에서 골똘히 생각했던 일들을 글로 옮겨 쓰면서 생각을 정리하고 책으로 쓰곤 했는데, 의외로 사람들은 대단하고 화려한 꿈보다 평범하고 일상적인 얘기를 좋아했다. 그래도 책에서는 뭔가 얻고 싶고 배우고 싶은 노력이라 여겼던 내 판단이 잘못되었음을 알 수 있었다. 첫 번째 책이 나오고 제정신이 돌아올수록(저는 출간을 하면 감정이 요동쳐 웃었다가 눈물 났다가 하는 시간을 한 달 정도 견뎌야 해요) 내가 생각했던 참신하고 좋은 표현이 다른 작가가 했을지도 모른다는 그런, 나만 특별할 리 없다는 현실을 직시하게 했다. 같은 말이라고 해도 누가 하느냐에 따라 다르다는 것을 깨닫고, 그래서 좋은 사람, 좋은 작가가 되고 싶어졌다. 인스타그램에 있는 삼백장 정도의 사진을 하나하나 내려보면서 쓴 글을 보면 그때의 마음을 기억할 수 있다.

내가 쓴 글은 내가 제일 잘 안다. 일상을 기록으로 남긴다는 건, 거짓말 할 수 없는 기록이자 흔적이다. 그래서 자꾸 더 신경이 쓰이고 마음이 쓰인다.

예전에 어떤 작가님이랑 인스타그램으로 책을 홍보하는 방법에 대해 얘기한 적 있는데, 그 작가님은 문구가 있는 예쁜 사진 두 개, 본인의 일상 하나 이렇게 주기적으로 올리면서 피드를 꾸민다고 하셨다. 피드를 꾸민다? 일상을 꾸민다는 건 어쨌든 거짓말이 알파로 채워진다는 느낌이라서 그렇게는 하고 싶지 않아졌다. '저는 그냥 자연스럽게 할게요'라고 대답했다. 피드를 체계적으로 꾸미는 것보다는, 착한 마음으로 하루하루 일상을 채우고 그중에서 제일 예쁜 장면을 사진으로 담아야겠다고 생각했다. 더 똑똑한 방법이라도 매일매일을 거짓말로 억지로 꾸미면서 살 생각은 아직도 없다. 아마 그렇게 하루하루를 꾸민다면 금방 들통날 거다. 내가 고백하는 게 아니라, 언제일지 모를 들키는 순간이 있다는 건 생각만 해도 머리가 쭈뼛 서는 느낌처럼 아찔하다. 지금 당장 근사한 사람은 못되더라도 좋은 사람, 좋은 작가가 되기 위해서 노력하는 사람으로 일상을 채울 거다. 노력할 수 있음에 감사함을 느끼면서.

세상 모든 사람에게 좋은 사람, 착한 사람으로 대하려면 정말 머리가 터진다. 모든 사람에게 잘하고 모든 사람에게 사랑받는 건 한 사람의 능력 밖 일이다. 아마 아무도 할 수 없을 거다. 매시간 모든 사람에게 착하고 좋은 사람일 필요도 없다. 그렇게 하려고 해도 내 능력으로는 부족하다는 것을 금방 깨닫게 된다.

불가능한 일에 굳이 애쓰고 노력할 필요는 없다.
나 하나 건사하기도 힘든데
주변 사람들은 배려하고,
내가 좋아하는, 사랑하는 사람들에게만
착하게 대하려 해도 힘든 세상이다.
그러니 우리는 요령껏 살아야 한다.

제대로 착하게 살기 위해서는

쓸데없는 에너지를 쏟지 않을 요령이 필요하다.

할 수 없는 건 금방 포기하고

쓸데없는 데 에너지 낭비하지 않고 사는 게

속 편하니까.

요령껏 사랑하는 사람에게만,

나에게 좋은 사람에게만

착하게 사는 건 어떨까?

생각을 어떻게 하느냐보다 어떻게 표현을 하느냐가 더 중요한 세상이다. 보여지는 게 중요하기도 하니까. 사람의 마음을 전하는 중요한 통로인 말과 표정, 행동이 그렇게나 중요하다. 지금을 잘 지나가기 위해서 순간을 참고 넘어가면 된다고 생각하고 그냥 참고 지나가는 사람들이 많지만 사는 데 가장 중요한 요령 중 하나가 하고 싶을 말을 참지 않는 것이다. 사람의 감정은 기어코 쌓이고 참는다고 잊어지는 것은 아니기에 언젠가는 폭발한다. 참고, 참고 또 참고, 참다가 얘기하는 사람들은 착한 사람이고 다른 사람을 위해 배려했다고 생각하지만, 결과적으로 감정을 폭발시키는 무시무시한 사람이 되어버린다.

그렇게 참아준 사람 덕분에 그 당시의 작은 말다툼을 비켜 가는 건 맞지만 안타깝게도 참는 것은 한계가 있고, 언제 어디서 어떻게 터질지 모르는 시한폭탄이 되고 있다. 참고, 참고 참아서 많은 감정을 품고 있는 사람은 대화하기가 정말 힘들다. 참고, 참는 사람은 인내심이 있는 사람이 아니라 언젠가는 감당하기 힘든 사람이 되고 만다. 그러니, 우리 참지 말고 그때, 그때 하고 싶은 말을 하기로 하자. 그때, 그때 하고 싶은 말을 해야 편안한 대화를 할 수 있다. 참고, 참고 또 참다가 결국 폭발하는 것은 감정폭발이지 좋은 대화가 될 가능성은 없다. 참지 않는 것, 특히 사랑하는 사람에게는 참지 말고 시시콜콜한 것들도 다 얘기하는 것이 요령껏 착한 사람, 좋은 사람이 될 수 있는 방법이 아닐까.

불편한 상황에 나의 생각을
솔직하게 말하는 것도 타인에 대한 배려이다.

노력이 필요한 착한 척이라 해도 좋다. 상대를 배려하는 언어와 태도로 나의 마음을 잘 설명하면, 상대는 그 순간의 내 마음을 받아들이고 이해해 줄 가능성이 높다. 착한 척이 통하는 거다. 지금 당장의 인내를 바로 잊을 수 없다면 절대 참지 말자. 우리.

옳은 선택 말고
좋은 선택

누군가의 속도를 맞춰주는 것도
착하게 사는 방법이다.

그렇게 속도를 맞춰줄 수는 있어도 방향을 맞춰 줄 수는 없다. 방향을 제시해주고 방향을 가르치려 드는 건 좋은 마음으로 할 수 있는 일이 아니다. 누군가가 삶의 방향을 묻더라도 방향을 가르쳐 주는 것보다 어떤 방향이 있는지 선택지를 주고 함께 고민해 보는 게 더 좋은 조언이다.

삶의 방향 앞에 흔들리고 있더라도
다른 사람의 삶의 방향을 따라간다는 건
내 인생에 못할 짓이다.

우리는 살면서 알게 모르게 정말 많은 선택을 하는데 지금의 내가 우연히 어쩌다 보니 만들어진 것 같아도 모두 내가 선택한 결과물들이다. 무의식적인 것도 많아서 선택들을 다 알아채지 못할 수도 있지만, 알게 모르게 삶의 결과물로 쌓인다.

나는 지금 눈을 뜬지 십 분이 채 되지 않았다. 침대에서 나올까 말까 심오하게 고민했고 글을 쓸까 말까를 심각하게 고민했다. 노트북 앞에 앉은 지금은 눈이 살짝 간지러운 것 같아서 눈꼽을 뗄까 말까를 고민하고 있다. 뇌에서 묘하게 전해지는 미세한 지시들에 응할까 말까를 하루에도 몇만 번씩 나도 모르게 생각하고 있다. 중요한 일은 잘 결단 내리고 추진하지만, 사소한 결정에는 소극적인 나의 아침은 이렇게 늘어지고 게으르다.

착한 사람으로 살고자 마음먹고 최대한 남을 배려하면서, 남들처럼 살고자 다짐해도, 내 마음대로 생각하고 선택하고 나의 기준대로 처리하는 일이 훨씬 더 많다. 최근 인스타에서는 아침 일찍 일어나는 미라클모닝이 유행이었다. 새벽 4시, 5시에 일어나서 인증을 하고 깨끗한 머리로 책을 읽거나 영어공부를 하거나 그 시간을 유익하게 사용한다. 아침형 인간에게 정말 좋은 습관이지만 저혈압이 있는 나에겐 최악이다. 난 새벽에 늘 흐물

거리면서 몸을 제대로 움직이지 못하고 생각을 정리하지 못한다. 컨디션이 제일 좋은 시간은 오전 11시~3시, 최상의 집중력이 필요한 일이 있으면 저 시간 안에 해야 한다. 네 시간만 알차게 써도 오늘 하루 잘 보냈다고 뿌듯해하는 이런 나에게 미라클 모닝은 말 그대로 기적의 아침이고 하루를 힘들고 버겁게, 나를 힘들게 하는 것일 뿐이라 다른 사람들의 인스타에 하트, 좋아요를 날리는 게 최선이다.

유행에 따라 나의 기질과 취향을 바꿀 수는 없으니
따라갈 수 없는 유행은 포기하고 구경하는 게 더 낫다.
유행은 변하지만 나의 게으름은 변하지 않더라고.
편안한 게으름이 유행보다 더 좋다.
그리고 이렇게 게으른 나 자신이 좋다.

친구의 선물을 살 때도 나의 취향대로 산다. 나는 선물할 때는 필수품보다는 사치품을 선물한다. 필수품 같은 경우에는 자신이 필요한 것을 집안 곳곳에 쌓아 놓았을 것이다. 생필품은 본인이 직접 쌓아 놓고 살 터이니, 굳이 선물할 필요 없지 않을까 하고 평범한 선물은 오래 기억에 남지 않을 것 같아서 꼭 필요한 것이 아닌, 있으면 좋은 사치품을 선물하는 편이다. 예를 들어서 립스틱 혹은 스카프, 키홀더 같은 있어도 그만 없어도 그만이지만 가격이 나가는 것으로 선물을 한다. 예전에 언니가 출산을 하고 조카를 키우고 있을 때였다. 아이에게 온 신경을 쓰느라 언니 자신을 돌보고 꾸미지 않는 것처럼 보였다. 조카는 포동포동 살이 쪄가고 있었지만, 언니는 화장기 하나 없는 마른 얼굴로 지쳐 보여서 언니의 기분 전환을 위해 핫핑크색 립스틱을 선물해 주었다. 언니에게 예전처럼 화장도 하고 옷도 사 입으면서 예쁘게 꾸미고 다니면 기분 전환될 거라는 원치 않은 위로의 말도 장황하게 늘어놓았다.

지금 생각해 보니 언니는 그 립스틱의 뚜껑을 열 수나 있었을까. 혹시, 핫핑크 립스틱 앞에서 생각이 많아지지 않았을까. 분명 언니를 위하는 마음으로 선물했다고 해서 좋은 선물이 될 수 있었을까. 립스틱 하나로 언니의 삶의 방향을 아이에서 언니의 꾸밈으로 바꿀 수 있었을까. 좋은 의미로 전해지지 못했다면 과연 립스틱에 담긴 마음이 착한 마음이라고 할 수나 있을까. 혹시, 언니를 안타깝게 보는 나의 마음이 언니를 작고 초라하게 만들지는 않았을까. 동생에게는 항상 좋은 언니이고 싶었던 자존심에 금이 가게 하지는 않았을까. 이제야 이런 좋은 마음으로 한 선물도 착각이 될 수 있음을 인정한다. 핫핑크의 립스틱은 언니를 위한 선물이 아닌, 착하게 살고 싶어 하는 나를 위한 선물이었음을. 막상 받는 사람을 배려하지 못한 이기적인 선물이었음을. 당시 유행하던 핫핑크 립스틱은 위해주는 척하지 마라고 분노해도 아무 말 할 수 없는, 언니를 위한 선물이 아닌 오직 내 마음 편하자고 한 선물이 되었다.

♡

♡

♡

사람은
사랑하는 만큼 보인대요

거절만 잘해도
좋은 사람이 될 수 있다

세상에 착한 거절은 없다.
좋은 거절은 없다.
하지만 예의 있는 거절, 덜 기분 나쁜 거절,
태도가 문제 되지 않는 거절은 있다.

거절에는 부탁과 기대, 부담감이 있기 때문에 감정이 오갈 수밖에 없고, 좋은 관계를 계속 유지하기 위해서는 상대를 배려하면서 친절하게 거절해야 한다. 사실 거절에서 가장 중요한 것은, 그 부탁을 들어주느냐 마느냐가 아니라 부탁을 한 사람의 기분이다. 내일도 서로 마음 상하지 않은 상태에서 만날 수 있으면 그 거절은 잘한 거다. 물론 상대방의 기분을 좋게 해주는 거절은 없고, 거절을 기분 좋게 받아들이지는 않을 거다. 거절이 부정적인 감정을 만드는 이유는 기대감 때문이다. 어떤 부탁할 때. 그 부탁을 들어줄 것이라는 기대감에 당연함이 더해지면 부정적인 감정으로 남게 되는데 괜히 주는 거 없이 미운 사람이 되어버리기도 한다. 부탁을 들어주면 참 좋겠지만 어떻게 누군가가 하는 부탁을 모두 들어줄 수 있을까. 남의 부탁 안 들어주고 내 할 일만 하고 살아도 빠듯한 이렇게 복잡한 세상에서 말이다.

기대라는 게 그렇다. 사랑하는 사람이 하는 응원 같은 기대도 있지만, 우린 나와 크게 상관없는 사람들에게도 이상하게 큰 기대를 받기도 한다. 굳이 기대하지 않았으면 좋겠는데 말로는 표현하지 못할 때도 많다. 물론 어차피 못할 거라고 생각한다면 기대하지 않겠지만 기대가 크면 실망도 크다는 건 늘 현실에서 쉽게 실감한다. 기대는 사랑하기 때문에, 믿기 때문에 생기는 마음이지만 기대감이 생기면 채워야 할 것들이 많아져서 상대를 힘들게 할 때가 많다.

감당할 수 없는 기대를 정확하게 알려 주기 위해서라도 거절해야 한다. 부탁도 기대도 잘 거절해야 한다. 원하지 않는 기대감이 생기지 않도록 잘 조절해야 한다. 거절이란 yes/no의 문제가 아닌 상대의 기대감을 조절해 주는 일이다. 상대방이 만든 기대감이 내 능력보다 크다면 바로 잡아주는 게 잘 거절하는 방법이다.

'꼭' 거절해야 하고, 거절을 '잘'해야 한다.
부탁하는 사람이 무시당한다는 느낌이 들지 않도록
존중의 거절을 해야 하고
그래서 거절에는 배려와 착한 척이 필요하다.

거절에는 거절하는 사람의 인격이 고스란히 담긴다. 부탁을 들어줄 수 없는 상황을 설명하고 이해시켜야 하는데 장황하지 않고 핑계라는 느낌을 주지 않도록 짧지만 단호하게 말하는 게 중요하다. 쓸데없는 말을 구구절절 할 필요는 없다. 거절할 때 말을 많이 하는 건 별로 좋은 스킬은 아니다. 최대한 빨리 거절해야 이상한 기대를 하지 않는다. 그래야 그 부탁을 가지고 다른 사람에게 갈 수 있다. 다른 사람에게 부탁하러 갈 시간까지 빼앗으면 안 된다. '한번 생각해 볼게. 같이 기다려 보자. 다른 방향으로 생각해 볼게'라는 단번에 거절하지 않는 말도 좋지만, 아니다 싶은 건 확실히, 부드러운 말투로 빠르고, 단호하게 하는 게 좋다. 미안하다는 마음을 전하는 것도 좋다. 가만히 있다가 부탁을 받았을 뿐이고 거절이 잘못은 아니기에 내 입장에서 미안한 일은 아니지만 상대의 입장에서 거절은 나에게 했던 기대를 접는 일이고 기대가 있었으니 실망, 서운한 마음이 있을 수 있다.

사과가 필요한 미안한 마음과 서운한 마음은,
내 입장이 아니라 상대의 입장에서 생각하는 게 좋다.
사과란 내가 하고 싶을 때 하는 게 아니라,
상대방이 받고 싶을 때,
상대방에 상처받았을 때,
상대방의 마음을 어루만져주기 위해서 하는 거니까.
분명 몰랐던 이론은 아닐 거다.
다만 이렇게 사과해야 하는 상황이 생기면
막상, 정말 실행하기 힘들다.

어떻게 부탁한다고 다 들어주나, NO라고 말하는 게 잘못인가, 뭘 잘못해서 사과를 해야 하냐고 생각하지 않았으면 좋겠다. 상대의 기대감에 공감해주고 미안한 마음을 전하는 게 거절후 올 수 있는 불편한 마음을 잘 보내주는 방법이다. 거절당했더라도 무안해하지 말고 다음까지 스스로 잘 해결하길 바라는 마음을 담은 사과라고 생각하면 더 좋겠다. 이럴 때 마음에서 자연스럽게 생긴 미안한 마음보다 조금 더 미안한 척, 배려하면 자칫 불편할 수 있는 거절의 분위기가 좀 더 따뜻하고 부드럽게 지나간다.

적절한 거절의 타이밍은
거절해야겠다고 마음먹은
'지금'이다.

거절을 미루는 시간은 오히려 기대를 커지게 하고 기대하는 시간이 길어질수록 실망감은 커지기 마련이다. 선약이 있어서 거절함을 말하는 것도 좋은 방법이다. 먼저 정해진 게 있어서 아쉽지만, 미안하지만 너의 부탁을 들어줄 수 없음을 말한다. 나만의 기준이 분명함을 상기시켜 주면 덜 기분 나쁜 거절이 될 수 있다.

상대의 자존심을 상하게 하거나, 자존감을 떨어뜨리지 않는, 상대의 기대감을 줄이는 것 말고는 어떠한 감정도 건드리지 않는 거절의 기술이 필요하다.

거절했을 때,
생각했던 이상으로 불쾌해하는 사람이 있다면
좋은 사람이 아니다.
부탁을 받고 거절을 경험하면서
사람의 인격을 판단해 볼 수 있는데
부탁을 하는 것과 들어주는 것이 당연하고
대화로 조절되지 않는 사람과는
가까워질 수 없다.
부탁하는 사람의 인격이 별로일수록

더더욱 부탁을 들어줄 이유가 없고.
이럴 땐 오히려 거절이 쉽다.
들어줄 필요도 가치도,
다시 만날 이유도 없으니까.

하고 싶은 말을 제대로 해야
좋은 사람이 될 수 있다

머릿속에 있는 모든 생각과 마음에 있는 모든 감정을 꺼내서 다른 사람을 이해시키고 설득시킬 필요는 없고 그런 게 솔직한 건 아니다. 가끔 솔직해야 하나, 얼마나 솔직해야 하나 고민될 때는 머릿속과 마음속에 있는 말을 모두 쏟아내는 것보다 조용히 눈을 감는 게 더 좋다. 내 머릿속에 있는 생각과 마음을 모두 꺼내 보인다고 해서 내 마음을 이해해 주는 것도 아니고 머릿속과 마음속에 있는 모든 말을 말로 표현하지 못한다는 건 실제로 해보면 쉽게 알 수 있다.

살면서 우연히, 그리고 자연스럽게 깨우치게 된 건데 사람마다 생각의 종류와 크기, 모양, 그리고 형태와 색깔이 모두 다르다. 단순히 남녀의 차이, 어른과 아이의 차이, 정치적 성향의 차이라고 생각했던 것들을 성숙한 시선으로 바라보니, 그렇게 사람을 구분 지을 필요 없이 사람마다 다 다른 생각과 가치관의 차이였다. 그 사람은 남자도, 40대도, 키가 작은 사람도 아닌, 그냥 오롯이 지금까지 자신만의 경험으로 살아온 한 사람일 뿐이었다.

온전히 사람으로서 사람은 모두 다 다르다. 어떤 프레임을 가지고 한 사람을 바라보면 그 사람은 쉽게 프레임 속에 갇히기 마련이고. 사람은 생각대로 말하고, 말하는 대로 생각한다. 아는 만큼 보이고 보이는 만큼 배운다. 생각할수록 화가 나기도 하고 생각할수록 미안하기도 하다. 입 밖으로 꺼내 보니 다른 면이 보이고, 잘 얘기하면 좋은 사람의 의견을 듣고 더 성숙한 판단을 할 수도 있다.

좋은 사람이 되기 위해서라도 하고 싶은 말은 하고 살자. 하고 싶은 말을 다 하는 건 오롯이 나를 위한 일이다. 하고 싶은 말을 다 해야 속 시원히 살 수 있다. 속이 시원하다는 건 정말 중요한 행복의 이유가 된다. 하고 싶은 말을 제대로 하는 것은 오롯이 나를 위한 일이다. 내 생각과 마음을 제대로 말해야 주변 사람들이 나를 제대로 알고 제대로 존중해 준다. 제대로 살기 위한 좋은 방법이다.

제대로 살기 위해서 배려가 필요하다.
여기에 조금의 착한 척은 플러스 알파.
조금 착한 척을 하면 배려하기 훨씬 쉽다.
하고 싶은 말을 다 하지 못하면 속에 억울함이 쌓인다.
억울함은 잠시 참는다고 잊어지는 그런
단순한 감정은 아니더라고.

나를 제대로 말하고 싶어도 무슨 말이 하고 싶은지 잘 모를 때도 많다. 그럴 땐 주변을 살펴보면 나를 말하고 있는 흔적들을 찾을 수 있다. 우선, 옷장과 신발장은 나를, 성격을 아주 잘 보여주고 있다. 옷장과 신발장을 열었을 때 보이는 장면이 내 마음 상태라 할 수 있다. 열었을 때 한 가지 색깔의 옷만 있는지 다양한 색깔의 옷이 있는지, 4계절의 옷이 뒤엉켜 있는지 아니면 계절별로 옷장 정리를 하는지 모두 자신의 성향이다. 오래된 옷을 잘 버리지 못하는 사람은 사람도 잘 버리지 못한다. 여러 가지 색깔과 다양한 디자인의 옷을 가지고 있는 사람은 삶도 그렇게 살더라. 신발을 종류별로 가지고 있으면서 옷과의 조화를 맞추는 사람은 나에게 맞는 사람을 찾으며 다양한 인간관계를 선호하기도 하고. 옷장에 한 가지 색깔의 옷만 있는 사람은 생각이 잘 변하지 않는 사람이다. 뭐, 아예 패션에는 관심이 없는 사람일 수도 있지만. 예전에 사무실에서 말을 정말 많이 하지만 아무리 들어도 무슨 말을 하는지, 요점이 무엇인지 모르게 말하는 사람이 있었는데, 그 사람의 책상은 각기 다른 모양과 색깔의 포스트잇이 덕지덕지 붙어 있었는데 그게 그 사람의 머릿속 같다는 생각을 했다. 머릿속이 그렇게 복잡한 사람은 생각이 많아서 얼마나 힘들겠냐고 그 사람의 횡설수설이 이해되었다. 가끔 내가 나를 잘 모르겠을 때는 주변을 관찰하면서 나를 찾아가는 것도 꽤 괜찮은 방법이다.

어쨌든 나를 제대로 말해야 한다.
타인이 나에게 설득되지 않는다 해도,
맞춰주지 않는다고 해도
생각과 마음은 잘 알고 있어야 하고 잘 말해야 한다.
우리가 대화하는 이유는
나를 설명하고 설득하기 위함은 아니다.
특별한 목적 없는 사람과 자연스러운 대화로

자연스럽게 가까워지고
다정하게 말하면 다정한 마음이 생긴다.
말을 잘하기 힘들다면 긍정적인 단어를 사용하면 되고
따뜻한 진심을 담아서 말하면 된다.
대화에 자신 없는 사람은
나를 표현할 만한 긍정적인 단어를
몇 개 적어보고 외워두는 것도 좋다.
말을 많이 한다고 무조건 말을 잘하는 것은 아니니까
해야할 말을 잘 골라서 진심을 담고 다정하게 하면 된다.
잘못 말한 것 같으면 다시 말하면 되고
오래오래 보면서 솔직하게 말하면 된다.

하고 싶은 말을 하고 사는 게
가장 기본적인 소소한 행복이다.
돈이 들지도, 특별한 노력이 필요하지도 않다.

차선이 있어야
좋은 사람이 될 수 있다

　어떤 대안이 없을 때, 지금 하는 일이 유일할 때, 이번에 실패하면 정말 마지막이라 끝장일 때 사람은 더없이 힘들고 불안하다. 물론 장점도 있다. 정말 마지막이라고 생각하고 임했을 때 끝장의 에너지를 내고 최선을 다해서 뭔가를 이루어 내는 사람도 많다. 하지만 벼랑 끝에서 끝판용 에너지를 내본 사람은 그런 과정이 얼마나 잔인한지 알 수 있다. 인생에 굳이 하지 않아도 되는 경험은 하지 않는 게 좋다. 아무리 경험과 실패에서 많은 것을 배우지만 굳이, 벼랑 끝에서 살아남는 법을 알기보다는 어디가 벼랑인지 잘 알아서 벼랑 근처에 가지 않는 법을 터득했으면 좋겠다. 매 순간을 마지막인 것처럼 힘내고 애쓰고 살려니, 사는 게 또 피곤하게 느껴지기도 하고.

우리는 살면서 이루어 놓은 게 있어도 다른 선택지를 만들기 위해서 노력한다. 언제부턴가 꿈은 행복함이 아니라 안정감으로 변했고 평생이라는 단어 앞에 한없이 작아지는 시대에 살고 있다. 좋은 직장에 들어가도 더 좋은 직장을 찾고 돈을 모아도 더 많이 모아야 안심이 된다. 요즘은 평생직장도 없어서 세상은 온통 불안한 것 투성이다. 지금 대기업에 다니고 있는 사람도 정년을 보장받을 수 없고, 회사에서 정년을 보장해 주더라도 회의감을 느껴서 내 선택으로 그만둘 수도 있다. 직장도 연애도 결혼도 평생을 보장하는 약속은 아닌 것만 같다. 직장도 연애도 결혼도 타의에 의해 그만두면 자존심을 크게 다치고, 자의로 그만둘 때는 엄청난 고생을 하고 난 후일 거다. 그만둔다는 마지막 상황에서 가장 중요한 게 누구의 의지로 인해서 그만두냐인데, 타의로 그만둬야 할 때보다 자의로 그만둘 수 있을 때, 그만두는 시점을 스스로 결정할 수 있을 때 우리는 잘살고 있다고 할 수 있다.

친구도 그렇다. 열 명의 어중간한 관계의 사람보다 진정한 친구 한 명이 중요하다고 하지만, 유일한 한 명의 친구에게 배신당하면 한순간에 무너진다. 유일한 친구에게 정말 마음을 다해서 잘하는 것도 방법이지만 사람의 마음은 장담할 수 없고 상황은 무수히 변해가기에 한 사람에게만 마음을 주지 않고 의지하지 않는 것도, 사람 때문에 무너지지 않는 좋은 방법이다. 그렇다고 좋은 친구 한 명에 대한 대안이 좋은 친구 두 명을 두는 건 아니다. 그렇게 사람 마음은 물건 재고처럼 쌓여서 나를 기다려주지 않는다. 배신해도 된다고 생각될 만큼 만만하게 보이면 안 되고 친구 한 명의 배신에 내 삶이 흔들리면 안 된다. 냉정하게 말해서 배신도 의사 표현이다. 배신이라는 비겁한 방법으로 나에게서 멀어지려 하는 사람이라면 처음부터 사람을 잘못 봤을 수도 있고, 그 사람의 상황이 좋지 못할 수도 있다. 어쨌든 배신한 사람에 마음 아파하면서 배신을 곱씹고 있다면 가장 손해인 사람은 나 자신이다.

사람에 대한 대안은 언제나 나 자신이어야 한다.
배신에서 헤어나오지 못해서 휘청거리지 말고
금방 중심을 잡고 일상생활을 해나갈 수 있어야 한다.
친구와 함께 했던 시간을 혼자 채울 수 있을 만큼
시간을 쓰는 법을 잘 알고
내 생활을 그대로 유지할 수 있어야 한다.

사람들은 힘들 때 어떻게 역경을 빠져나오냐고 감정적으로 많이 생각하지만, 사실 시간 싸움이다. 누구나 동등하게 주어진 시간을 슬프고 힘들게 보내느냐, 적당히 무표정으로 보내느냐. 기쁘고 웃으면서 보내느냐다. 결국 천국도 지옥도 다 내가 시간을 보내는 방법이고 내 속에 있다. 보통의 사람들이 좌절하는 이유는 최고가 되지 않아서가 아니라 다른 선택지가 없어서다. 어떤 일이든 나 자신이 차선이 될 수 있게 준비하자.

♡

♡

♡

나를 걱정해 주고
나 때문에 속상했던 사람을
더 사랑하고 싶다

세상에 착한 사람은
꼭 있어야 한다

살다 보면 가만히 있어도
힘들 때가 있다.

숨만 쉬어도 힘들 때도 있다. 그럴 때마다 사람이 그립다. 나 스스로 괜찮다고 나를 다독이면 잘 지나갈 때도 있지만, 다른 누군가가 해주는 응원이 필요할 때도 있다. 좋아하는 사람을 만나고 의지하고 수다라도 실컷 떨고 나면 좀 시원해지고 내일을 살아낼 힘이 생긴다. 아무나 와는 할 수 없다.

'힘내'라는 응원이 와닿지 않는 건
아무나 할 수 있는 응원이라서 일 것이다.

'현주야, 힘내'처럼 이름을 넣어주거나
'힘내길 진심으로 바라. 연락해'
라고 몇 개의 단어만 더해주어도
힘내고 싶은 마음이 생긴다.
힘내라는 응원에 힘을 낼 수 없는 건,
대충 응원해 주고 넘기려는 거 아닌가 하는
오해해서 일지도 모른다.
조금만 더 신경 쓰면
아무나에게 하는 응원이 아니라
꼭 '너'에게 전하는
'나'의 진심이 담긴 위로가 될 수 있다.
진심이 담겨 있다는 것을 잘 알면
그 위로. 아무나가 아니라
나에게 해주는 위로로 다가온다.

비록 서툴더라도.
나이가 들면 다정하게 내 이름을 불러 주는 사람이 잘 없다.
어렸을 때는 흔한 내 이름이 싫다며 투덜거리기라도 했는데
이젠 이름을 불러 주기만 해도 나를 인정받는 기분이다. 병원

대기실에서 부르는 김현주 환자님 말고, 핸드폰 바꿀 때 부르는 김현주 고객님 말고, 진짜 다정하게 '현주야'하고 불러 주는 사람에게 새삼 감사하고 마음이 쓰인다.

그래서

나를 잘 아는 사람이 예민하고 섬세하게 이름을 불러 주기만 해도 이미 착한 사람, 좋은 사람이다. 나를 알고 내 이름을 알면서 관심을 가지고 나를 불러 주는 사람을 어떻게 미워할 수 있겠나. 계속계속 내 이름을 예민하고 섬세하게 불러 줄 사람이 있었으면 좋겠다. 하지만 많아지진 않았으면 좋겠다.

힘들 때

위로받고 싶은 건 공감받고 싶은 거지, 동정받고 싶은 건 아니고 힘든 시간을 나누고 대화한다고 솔직히 달라지는 건 없다. 그냥 조금 시원해지는 건데, 조금 시원해지는 그런 마음이 간절할 때도 있더라고. 외롭다고 느낄 때는 진짜 혼자 있을 때보다 사랑한다는 표현이 부족할 때가 많다. 사랑은 표현해야 알 수 있듯이 착한 마음도 표현해야 알 수 있고 표현해야 더 예쁜 마음이 될 수 있다.

오른손이 하는 일을 왼손이 모르게 하는 건 말도 안 되고, 그렇게 소통 안 되면 뒤처지는 시대. 또 생각해 보면 사랑은 표현하지 않으려고 해도 스물스물 티 나게 되어 있고 착한 마음은 굳이 자랑하지 않아도 제자리를 찾고 반짝거리고 있긴 하더라.

오른손이 하는 좋은 일은 왼손이 따뜻하게 도와주면 일은 훨씬 쉽게 진행된다. 아주 어렸을 때는 성공한 사람, 남을 도와주는 사람은 모두 착한 사람인지 알았다. 성공하는 사람이 꼭 있었으면 했고 성공한 멋진 사람들이 착한 마음으로 정의를 구현 줄지 알았다. 그래서 굳이 내가 성공해야겠다는 생각을 못했나보다. 모든 사람에게 착하게 살라고 강요할 수 없지만, 지금 자라나는 어린이들에게 착하게 사는 게 잘사는 거라고 가르쳐 줄 수는 없지만, 그게 참 많이 안타깝긴 하지만, 세상에는 착한 사람이 꼭 있어야 한다.

세상에는 돈 많은 사람도 있어야 하고, 정치를 하는 사람도 있어야 한다. 과학기술로 미래를 창조해 갈 사람도 필요하고 예술을 할 사람도 필요하다. 그리고 착한 사람도 꼭 있어야 한다. 종교를 존중하는 것처럼 착한 사람도 존중받아야 한다. 착한 사람은 많으면 많을수록 좋다.

현실적으로 냉정하게, 난 이미 돈 많은 부자가 되긴 걸렀다. 정치를 할 생각도 가능성도 없으며 문과를 나오고 이렇게 책이 좋고 글을 쓰는 게 좋으니 과학기술은 웬 말. 예술도 반은 타고 나는 건데 우리 엄마는 아무것도 안 주셨다. 그러니 내가 세상에 필요한 사람이 되는 방법 중에 할 수 있는 선택은 착한 사람이 되어서 주변 사람들을 사랑하고 다정하게 이름을 불러 주는 게 아닌가 싶다. 세상엔 마음 먹는다고 할 수 있는 일이 몇 안되는데, 착한 사람이 되는 건 나만 마음 먹으면 비교적 쉽게 할 수 있는 일이니 그래도 도전해 볼 만하다.

조금 더 욕심을 부리자면
착한 사람이 내 주변에 많았으면 좋겠다.
나도 그런 착한 사람이 되고 싶다.
꼭 있어야 하는 사람이 되는 것도
삶의 이유이지 않을까.

인생의 중심에서
나를 외치는 태도

사람은 혼자서는
살아갈 수 없다.

뭐, 혼자서 살아갈 수 있기는 한데 정말 심심하고 외로울 것
같아서 사람들은 혼자 살기 싫은 거다. 혼자가 편하다는 사람
이 많긴 해도 이들 역시 여러 사람 속에 섞여보니 사람에게 지
쳐서 차라리 혼자가 편하다는 거다. 혼자 살기 싫어서 떼쓰는
아이처럼 혼자 있겠다고 소리치고 숨어있는 사람을 찾지 않고
혼자 두면, 그 사람은 진짜 외로워지고 우울해질 것 같다. 혼자
에 익숙하고 편해서 진짜 혼자서 쉬고 싶은 사람과 혼자 있는
시간에서 꺼내주길 바라는 사람을 구분할 수 있었으면 좋겠다.

진짜 혼자가 좋은 사람을 존중하고 사람에 지쳐서 잠시 쉬면서 상처 줬던 그 사람보다 더 다정한 사람을 기다리는 사람이 외롭지 않게 마음을 나눌 수 있는 관심과 여유가 있었으면 좋겠다.

좋은 사람이 되기 위해서는 독립을 잘해야 한다.
독립은 혼자가 되는 거랑은 아주 많이 다른 얘기다.
일단 독립은 내가 스스로,
직접 선택하고 행동하는 자발성이 필요하고
어설프게 걸쳐놓은 것 없이 모든 것을 독립해야 한다.
'모든 것'이란 말이 참 어렵지만
나를 지켜주고 있는 모든 것을 말한다.
부모님에게서 경제적, 정서적 독립이 필요하고
나 자신은 스스로 지킬 수 있을 만큼,
지켜주던 울타리에서 스스로 나와야 한다.

반면, 혼자되는 건 타인에 의해서 어쩔 수 없이 결정되는 경우가 많다. 사람에게 지쳐서 인간관계를 정리하고 혼자됨을 선택한다면 얼핏 보면 스스로 혼자가 되는 것을 선택했다고 생각할 수도 있지만, 더 깊이 들여다보면 '다른 사람들에게 지쳤다'는 타인에게 받은 상처가 있다. 혼자 있고 싶다기보다 받은 상처를 치료하고 쉬어갈 시간이 필요한 의미일 수도 있다. 그 시간을 잘 보내고 나면 또다시 좋은 사람을 만나길, 좋은 인간관계를 만들고 싶은 사람은 혼자 있는 시간에 금방 외로움을 느낄 수 있다. 사람은 사람으로, 사랑은 사랑으로 잊어내는 사람은 혼자 있는 시간이 더 괴롭고 그 자체가 상처일지도 모르겠다.

그래서
사랑을 사랑으로 잊는 사람은
다른 사람보다 훨씬 더 부지런히 사랑해야 한다.

독립은 사람의 생각을 아주 많이 바꿔 준다. 독립해야만 알 수 있는 생각과 마음이 있다. 어떤 일이든 순서가 있고 특히 생각이 그렇다. 지금의 생각을 잘 보내줘야 다음의 생각이 성숙해져 잘 다가오더라. 독립은 방향을 완전히 틀어버리는 계기가 되기도 하더라. 독립을 잘해야 비로소 인생의 중심에 섰다고 말할 수 있는데, 스스로 인생의 중심에 섰을 때 느끼는 것은 생각보다 훨씬 많다. 첫 걸음마를 위해서 두 발을 땅에 딛고 서 있기에 성공하는 짜릿한 감정은 너무 어려서 기억할 수 없는데, 독립을 하게 되면 첫 걸음마의 짜릿함이 현실적으로 서서히 느껴지지 않을까.

어쨌든 세상을 혼자 살기 위한 독립은 상상 그 이상이라 해보지 않은 사람은 알 수 없다. 책에서 배우고 여행에서 느끼고, 설계했던 것 그 이상이다. '세상의 중심에서 사랑을 외치다'는 영화가 있었다. 내용은 잘 기억나지 않지만 제목이 너무 멋있어서 기억난다. 꼭 영화의 내용을 잘 기억하고 주인공의 이름과 결말을 기억하는 게 영화를 제대로 즐긴 것은 아니니까. 영화 중 그어떤 것이라도 관련 있는 것을 기억해 낼 수 있으면 그 영화를 잘 봤다고 생각한다. 세상의 중심에서 사랑을 외치려면 일단 세상의 중심을 찾아야 한다. 세상의 중심, 나의 중심을 찾는다는 건 어쩌면 평생 숙제일지도 모르겠다. 숙제라고 표현하면 꼭 해야 하고 안 하면 혼날 것 같으니, 평생 호기심이라고 해야겠다.

나이를 먹으면서 귀찮아지는 게 많아지고 인간관계에는 지쳐서 혼자 있고 싶어지더라. 혼자 있는 시간을 반복해서 보내다 보면 혼자에 익숙해지고 편해지고. 조금 외롭긴 한데, 약간의 외로움쯤은 적당히 즐길 수 있을 만큼, 적당히 외로운 게 차라리 낫다고 생각한다. 그렇게 혼자 있는 시간을 오래 보내고 나면 받는 사랑을 잊어버려서 마치 한 번도 사랑받은 적 없었다는 생각이 들면서 외로움이 허무해져 버리기 마련이다. 소중한 사람은 곁에서 없어져야 알 수 있다는 세상의 희한한 공식은 성립되는 편이다. 옆에 있는 사람의 소중함을 알도록 사람의 뇌와 가슴이 설계되어 있었다면 참 좋을 텐데.

세상의 중심에서 나를 외칠 수는 있지만 생각보다 복잡하다. 세상의 중심을 찾아야 하고 그 멀리까지 가야하고, 많은 사람들이 들으려면 목소리도 커야 한다. 크게 외친다고 다 관심을 가지고 들어주는 것도 아니더라.

그러니 세상의 중심 찾기 전에
나만의 중심을 잡고
거기에서 사랑하는 만큼
조곤조곤 표현해 보자.
작은 목소리를 듣기 위해서
다가오는 사람을 사랑하면서 살면 된다.

사랑이 뭔지 잘 모르겠다고

말하는 사람이 많은데

심플하게

내 목소리 들으러 오는 사람들을

좋아하다 보면

사랑하는 사람이 생기기 마련이다.

참 평범한 이치지만

잘 잊고 산다.

사람들은 나를 좋아하는 만큼

내 얘기를 들어준다.

세상의 높은 곳에 있는 만큼,

목소리가 큰 만큼

들어주는 게 아니더라고.

착한
대화

착한 대화의 시작은
눈을 맞추는 것이다.

한 사람에 대한 이미지와 분위기가 다른 것처럼 눈빛은 다 다르다. 참 신기하게도 세상 그 많은 사람들의 눈은 다 다르게 생겼고 세상 사람들의 눈빛도 다 다르다. 나는 선한 눈빛을 좋아하는데 선한 눈빛도 보는 사람에 따라서 다 다르게 느끼고 좋아하는 사람의 눈빛은 선하다고 착각하기도 하더라고. 눈빛이 선한 사람에게는 자꾸자꾸 얘기하고 싶고 마음의 지하실을 오픈하고 먼지 쌓여있는 얘기도 부드럽게 꺼내고 싶다. 천천히 마음을 보여주고 싶어진다.

나는 적당한 목소리 톤으로 조곤조곤 말하는 사람을 좋아한다. 반대로 목소리가 크고 발음이 너무 좋거나 목소리가 굵은 사람과는 오래 대화하지 못한다. 적당한 오물거림이 있어서 주변이 시끄러울 때 잘 들리지 않아서 서로에게 집중해야 하는 대화가 좋다.

싫어하는 건 아닌데, 내가 하고 싶은 말이 잘 생각나지 않는 사람이 있다. 생각을 멈추게 하는 사람과 친해질 수 없는 건 어쩔 수 없고.

얼마 전 지인들과 부산으로 등산을 가는 차 안에서 좋아하는 언니와 뒷자리에 앉게 되었다. 가끔 연락하긴 했지만 우린 정말 오랜만에 만났다. 서로가 바빴고 본업을 충실히 하고 잠깐 쉬고를 반복하면서 살았다. 솔직히 난 팔짱을 끼거나 손을 잡는 걸 별로 좋아하지 않는다. 누군가 나를 만지는 건 예상할 수 없어서 터치되는 피부에 자꾸 온 신경이 쏠리는 느낌이 불편하다. 다른 사람이 나를 만지고 있으면 다른 일을 할 수 없게 되더라고. 가끔 스킨십을 좋아하는 친구들이 팔짱을 끼거나 손을 잡으면 억지로 참긴 하지만 그런 스킨십으로 친밀감을 느끼는 일은 없다. 먼저 시도하는 일은 더더욱 없고. 진짜 꼭 안아주고 싶거나 손을 잡고 위로를 해주고 싶거나 말문이 막혀서 제대로 말을 못할 때 말고는 마음을 전하는 일은 다 말로 한다. 그래서 말을 잘하기 위해서 부단히 노력하는 편이다.

그날은 오랜만에 좋아하는 언니를 만났고 서로의 안부를 묻고 나서, 언니가 어렸을 때 글로 나를 표현하는 걸 좋아했다면서 책을 쓰는 방법에 대해 물었다. 나는 아는 선에서는 최대한 설명해 주면서 언니가 글을 쓰고 출간을 하길 바랐다. 책을 낼 수 있는 방법이 현실적으로 구체화 될수록 언니는 고맙다면서 내 손을 잡고 팔짱을 꼈다.

부끄러울 수 있는 자기 얘기를 해주는 사람에게 난 항상 고마움을 느낀다. 굳이 말하지 않아도 되는 것을 말해주는 게 얼마나 고마운 일일지 잘 안다. 어렸을 때 혼자 썼던 일기장의 이야기를 들려주면서 언니는 쑥쓰러움에 눈도 마주치지 못하면서 정말 예쁘게 웃었다. 과거의 나는 행복하지 못했지만, 과거의 나를 말하면서 웃을 수 있는 건 지금 행복한 일이라는 걸 보여주듯 언니는 아이처럼 웃었고, 그런 언니의 입꼬리와 눈빛이 좋았다. 다정함의 공기가 좋아서 우리는 손을 꼬옥 잡고 언니의 손등을 만지며 팔짱을 껴달라고 팔을 내주었다.

문득 손등을 만지작거리면서 전할 수 있는 마음도 있다는 생각이 들었다. 아마 실제로도 그랬을 거다. 그러고 있는 나도 내가 참 신기하다고, 참 별일이라고 느끼면서. 누가 몸 만지는 게 싫어서 해외여행을 가도 마사지도 안 받는다. 예전에 다낭으로 여행을 갔을 때 무료로 마사지 받을 기회를 거절한 적도 있다. 그런 내 마음을 아는지 모르는지 언니는 어렸을 때 글을 쓰고 싶었던 꿈을 얘기하면서 부끄러워하고 또 기억해 내고, 쑥쓰러워 했는데 아마 자신의 표정이 얼마나 순수했는지, 얼마나 사랑스러웠는지 잘 모를 거다.

어린이였던 언니의 꿈을 알아갈 수 있는 동안 손까지 잡을 수 있다는 게 좋았다. 그렇다고 언니의 체온이 느껴지거나 손이 따뜻하거나 그랬던 것도 아닌데 그 순간의 공기와 마음이 서로에게 그대로 전해지는 게 좋았다. 마음을 전한다는 건, 이렇게 싫어했던 습관이 있을 때도, 맛없는 음식을 먹을 때도, 너무 더울 때도, 너무 추울 때도 진심이라면, 얼마든지 가능한 일인가 보다.
이렇게 손을 잡고 눈을 맞추고, 언니가 손을 잡는 것을 좋아하는 사람이라서 참 다행이라는 생각을 했다. 어쩐지 언니를 더 많이 좋아하게 될 것 같단 생각을 했다.

어떻게 하면 착하게 살까, 무엇을 어떻게 베풀었을 때 착하게 살 수 있나를 고민하는 것보다 누군가가 나를 찾아왔을 때 착한 마음을 보이기가 훨씬 쉽다. 누군가 다가와서 고민을 얘기하고 상담하고자 하는 건 최소한 나를 믿기 때문이다. 그러니 진지하게 공감해주고 진심으로 솔직하게 말해주는 사람은 그 사람을 꼭 잡아야 한다. 화가 나서 나를 찾아온 사람도 있고 상처를 받고 울고 싶어서 찾아온 사람도 있다. 반면 좋은 일이 있어서 혹은 자랑하고 싶어서 찾아온 사람도 있다. 안 좋은 일이 있어서 찾아온 사람에게는 아, 기 빨린다고 생각하고 들어주기 힘들 때도 있다.

같이 슬퍼해 주고 싶고 같이 기뻐해 주고 싶은데 공감이 잘 안 될 때도 많다. 그럴 때는 마법 같은 방법이 있다. '그런가 보다, 그럴 수 있다'하고 들어주면 된다. 생각을 많이 하지 않아도 일단 방청객 같은 반응이 필요하다.

공감을 해주기만 해도 상대는 큰 위로를 받는다.
나를 알아주는 누군가가 있다는 것만으로도
훨씬 따뜻하고 감사하다.
표현이 좀 서툴더라도 마음만 전해진다면 상관없다.

세상에는 내가 위로해 준다고 괜찮아지지 않을 것을 잘 알기에 쉽게 위로할 수 없는 일도 많은데 그럴 땐 '지금은 무슨 말을 어떻게 해야 할지 잘 모르겠다. 기다려 주겠다. 그리고 사랑한다' 어떤 위로를 해줘야 할지는 잘 모르겠지만 그 사람을 좋아하는 건 확실할 때는 그냥 사랑한다고 말해도 된다. 나의 기다림이 그 사람에게는 위로와 응원이 되길 바라면서. 감정에 대한 얘기를 할 때 그 사람이 말하는 온도를 찾기는 누구나 다 어렵다. 내가 그렇게 다 할 줄 알면 신이거나 정신과 의사이거나 인간관계의 천재겠지. 하지만 난 평범한 사람일 뿐이다.

신도 아니고 정신과 의사도 아니지만 사랑하니까, 최소한 정신과 의사보다 더 오래 얘기를 들어줄 수 있고 전문적인 상담을 하진 못해도 그 순간을 더 사랑해 줄 수 있다. 아마 친구는 그러고 싶어서 나에게 왔을 것이다. 전문적인 상담과 분석을 하고 싶다면 의사를 찾아갔겠지.

조금의 위로와 공감,
그리고 의지하고 싶은 마음.
그만큼의 온도를 원했을 것이다

♡

♡

♡

기분이 첫인상이 되지 않는,
다음 마음이 기대되는 사람이 되어요 우리

착한 사람의
글쓰기

착한 사람이 글을 쓰면 착한 글이 나온다.
사람들은 생각보다 거짓말을 잘 못한다.

잠깐 말을 지어낼 수는 있지만 그마저도 심장이 콩닥콩닥 거려서 온몸으로 티가 나고, 거짓말을 기억하고 똑같이 거짓말하는 건 생각보다 정말 힘들고 머리도 좋아야 한다. 거짓말 몇 번 해보면 차라리 안 하는 게 더 낫다는 것을 잘 알게 된다. 그러니 세상에 완전한 거짓말은 없고 영원한 비밀은 없다고 하는 그 말을 믿는다.

일단 자기 자신을 속인다는 게 가능한지 잘 모르겠다. 나는 생각이나 기분이 표정에서 그대로 드러나는 편이라 웃음과 눈물을 감추지 못한다. 글을 쓸 때도 항상 마음을 들킨다. 마음에 없는 생각을 못해서 마음이 힘들고 멍할 땐 글을 못 쓴다. 그럴 땐 아무 글이 써지는데 아무 글은 말 그대로 아무 글이라 자존심 상해서 싫다. 그래서 아예 마음을 착하게 먹는다. 착한 글을 쓰고 싶은 욕심이기도, 노력이기도 하다. 신기하게도 편지를 써보면 마음속에 있는 말이 그대로 글로 드러나더라. 이성적인 사람은 편지도 이성적으로 쓰고 감정적인 사람은 편지에 마음을 담아 써 내려간다. 예전에는 손편지가 사람의 마음과 사랑의 크기라 생각했지만 어쩌면 단순히 한 사람의 오롯한 성향이었을지도 모르겠다.

사람들은 손편지 앞에서는 거짓말을 하지 못한다. 사랑하는 사람에게는 도도한 척하지 못하고, 사랑하지 않는데 사랑한다고는 죽어도 못하겠더라. 사랑인지 아닌지 헷갈리는데 사랑한다는 말은 안 나오고 겨우 좋아한다, 존경한다, 보고 싶다 정도로 타협하지만 결국 사랑하지 않는 건 사랑하지 않는다고 끝을 향한 고백처럼 말한다. 작정하고 사기를 치거나 속이겠다는 마음을 먹지 않은 이상, 빈말은 못 하겠더라고. 글을 쓰기 위해서는 같은 문장에 몇 개의 마음을 포개어서 쓰는데 그래서 마음은 그대로 드러나기 마련이고 착한 사람의 글은 착하게 쌓인 문장이다. 표정으로 속마음이 다 들키는 사람일수록, 속에 없는 말을 잘 못하는 사람일수록 더욱 그러하다.

우리가 어떤 사람의 마음을
모르겠다고 생각하는 건,
아마도 그 사람의 표정을
제대로 보지 않아서 그런지도 모르겠다.
마음이 부족해서,
정성이 부족해서,
관심이 부족해서일 수도 있다.

무뚝뚝한 사람의 글은 무뚝뚝하게 나오고 화가 난 사람의 글에는 화가 묻어난다. 가끔씩 예전에 써놓았던 글을 다시 보면 그때의 감정과 마음이 고스란히 느껴지는데, 글은 솔직했고 머리는 기억하려고 부단히 노력해서인 것 같다. 예전에 오랫동안 연애를 했던 사람의 편지를 다시 본 적이 있다. 연애는 그 사람의 고백으로 시작했다. 처음에는 그 사람의 마음이 더 컸는데, 만날수록 점점 싸우는 횟수가 늘어가고 내가 사랑하는 마음이 더 커졌다고 생각했다. 사랑의 크기는 역전되었고 그럴수록 싸움의 횟수는 많아졌고, 싸움의 크기는 커졌다. 그렇게 마음을 저울질하다 서로에게 상처를 주고 타이밍이 다른 질척임으로 헤어졌다. 내 기억은 분명 그 사람의 사랑의 크기가 더 작아져서 헤어진 새드엔딩이었는데 시간이 한참 지난 후에 편지를 다시 읽어 보니 그 사람의 사랑은 연애가 오래될수록 깊어졌다. 처음에는 무뚝뚝한 말투와 삐뚤빼뚤한 글씨, 편지지 한 장을 겨우 채우는 내용이었다. 시간이 흐를수록 편지에 적힌 말엔 깊이가 있고 진심이 담겨 있었고 글씨는 더욱 어른스러운 느낌이었지만, 다만 사랑한다는 표현은 없어졌다. 우리의 연애도 이렇게 흘러갔으려나. 그 사람은 처음에는 큰 사랑이 없었지만 노력으로 표현을 해주었고 나는 그게 큰 사랑이라 착각했다. 시간이 지나서 설렘은 익숙함으로 바뀌고 편해진 그 사람은 함께 하고 싶은 게 많아졌을 텐데, 나는 줄어든 표현으로 사랑이 작아졌다고 불안해했나 보다. 티격태격하면서 우리의 사랑은 커졌다 작아졌다를 반복하면서 지친 나는 그 사랑을 보려 하지 않고 탓하기만 했던 것 같다. 그럴 땐 잘되지 않는 연락은 참 꼬투리 잡기 좋은 싸움의 이유가 되어 준다. 자기 사랑은 객관적으로 볼 수 없다는 말을 절실하게 실감하는 순간이었다.

　내가 이렇게 자기객관화를 못 하는 사람이었나? 이렇게 사람의 마음을 내 마음대로 해석하고 짓밟아 버리는 사람이었나? 염치없지만 몰랐다. 변명이 될지 모르겠지만 몰랐다. 물론 몰랐다는 말만큼 권력이 되고 무책임한 말이 없다는 것을 잘 안다. 그렇게 쏟아부은 감정 속에서 우리는 서로에 대한 쏟아진 사랑을 찾지 못하고 헤어진 것일지도 모른다. 그때는 사랑이 없어졌다고 생각했는데 생각해 보니 쏟아진 마음속에서 사랑을 찾아내느라 힘들었던 것 같다. 다시 찾아볼 수 있는 마음이라면 글에는 착한 마음을 잘 담아둬야겠다.

평생 글을 쓰면서
살고 싶다고 생각하는 사람이니
글에는 착한 마음을 남기고 싶다.
여전히 입조심, 표정조심,
행동조심을 못하는 사람이니

하,
그러려면 어쩔 수 없다.
착한 마음을 먹고
살아가는 수 밖에.

착하게 산다고?
너 미쳤니?

　뉴스를 보다 보면 사회에는 범죄자들 천지에 세계 정치와 경제는 엉망진창이고 똑바른 건 없는 것 같아 보면 볼수록 불안해진다. 뉴스의 목적이 사회고발이고 사회 이슈를 보도하는 것임을 잘 알지만, 그래서 잘한 것보다는 잘못된 것을 보여주지만 겁을 주기 위한 건 아닌가 생각이 많아질 때도 있다. 회사에서도 그랬다. 아무 말 안 하고 조용히 지나가면 잘하는 거라 생각하라 한다. 아무 말 안 하는 건 무관심이고 무시이지 어떻게 칭찬으로 받아들여야 할지는 여전히 잘 모르겠다. 그래서 안 열심히 하는 사람보다 묵묵히 열심히 노력하는 사람이 금방 지치는 건데. 최선을 다해 안전을 지키는 방법은 집안 이불 속에서 가만히 있는 것이며 아무것도 하면 안 될 것만 같다.

눈에 보이지 않는 것 중에서는 귀신이 제일 무서워서 세상에 귀신은 없다고만 생각해도 참을만했는데, 이제 바이러스도 조심해야 한다. 정치는 늘 싸우고, 경제는 늘 최악의 경기라 하고 아, 요즘은 경제적으로 빈부의 격차를 선 그어놓고 그렇게 싸우더라. 사람들이 싸워야만 세상이 돌아가는 건지, 이렇게 많은 싸움이 있는데도 불구하고 세계는 그나마 이만큼은 돌아가고 있는 건지 좁은 식견으로는 도무지 이해할 수 없다.

하긴 내 속에 있는 생각들도 다 모르고 살아가는 판에 무슨 세계평화를 걱정한다고. 사회생활에서 가장 많이 들었던 말은 '넌 쓸데없이 똑똑하다'였다. 분명 책도 많이 보고 뉴스도 많이 보고 생각도 감정도 많아서 사는 게 재밌고 좋았는데, 뭐가 쓸데없었는지 정확하게는 잘 모르겠으나 어쨌든 난 쓸데없는 사람이었다. 쓸데없다고 생각하는데 똑똑한 게 도대체 무슨 소용이라고. 이제야 겨우 원하지 않는 똑똑함은 쓸모없다는 걸 인정한다. 어제는 어제고, 오늘은 오늘이며 내일은 내일이라 아무런 상관없는 것 같아도 다 연결돼있는 나의 하루들이다. 어제 자기 전에 느꼈던 기분이 오늘 아침에도 계속될 수도 있고 그 기분이 내일까지 연결되고 기억된다. 기분은 전환될 수도 있지만, 기분 전환이 안되는 날도 있다.

그러니
우리는 기분 전환된 아침에 감사해야 한다.
어느 한순간 소중하지 않을 수 없다.
다 쓸모있는 나의 일부분들이니까.
이제는 쓸모를 찾기 위해서라도 똑똑하게
하지만 여전히 착하게 살려고 한다.
똑똑한 사람보다
지혜롭고 슬기로운 사람이 되기로 했다.
착하게 살려는 모습이
가끔 호구처럼 보여도
슬기롭게 좋은 사람들을 만나고
내일을 기다릴 자신은 있다.

가끔 호구처럼 사는 게 뭐 어때서? 가끔인데 뭐 어때? 남에게 피해 주는 것도 아니고 사랑하는 사람들에게 잘하면서, 배려하면서 살겠다는데 그게 뭐 어때서? 살면서 한 번도 호구 짓 안

해본 사람 나와보라고 해봐. 누구나 사랑하는 사람이 생기면 이미 호구가 될 준비를 하고, 새로운 사업을 하면서 처음부터 잘하는 사람이 어디 있나? 호구 짓 하면서 하나하나 배워가는데 처음부터 끝까지 계속적 호구만 안 되면 되는 거 아닌가? 호구가 무조건 자존심을 파는 부끄러운 일은 아니니까. 마지막에 자존심 있는 호구가 될 수 있다면 호구가 될 마음을 준비하여 끝에는 꼭 착할 수 있게 살아가고 싶다.

한 번쯤은 꼭 착하게 살아보자. 한 번도 호구 짓 안 한 것처럼. 어떤 일을 시작할 때, 제대로 하지 못해서 머뭇거리고 버벅거리고 있을 때 도와주는 사람이 있으면 그렇게 고맙고 반갑다. 우리가 혼자 살지 않는 이유이다. 호구처럼 착하게 살아야 하는 이유다. 좋은 사람에게 도움받고 또 그 마음을 갚아가려고. 제대로 하지 못하지만 외롭지 않으려고.

나를 도와주는 사람을 호구 만들 순 없으니
밥도 사 먹이고 고맙다는 인사도 하고
진심으로 잘해줘야 한다.

상대의 착한 마음을,
착한 배려를 고맙게 받아들이는 게
좋은 사람을 호구 만들지 않는
우리들의 자세이다.

마음을 주고 있는 사람을 삐딱하게 바라보는 건
배려하는 사람을 힘 빠지게 한다,
고마울 땐 고맙다고
미안할 땐 미안하다고 말하면서
멀쩡하고 착한 사람 호구 만들지 말자.
우리.

착한
고마워

고맙다는 말에는 바람이 있다.
고마운 마음이 전해지고
그 마음이 가까워지길 바라는 바람이 있다.

고마움을 전하는 방법은 표정일 수도, 눈빛일 수도, 말일 수
도, 돈일 수도, 물질적인 선물일 수도 있다. 사실 고마운 마음을
전하는 건 해도 그만, 안 해도 그만인 일이라 고마움을 당연히
전해야 한다는 사람도 있고 전하지 않아도 된다는 사람도 있는
데, 고마운 마음을 잘 전하면 또 고마워할 일이 많이 생기더라.
고맙다는 말을 하지 않아도 상대에게 덜 친절한, 고마움을 모르
는 사람으로 기억되고 그뿐이다.

누군가 나에게 관심을 쏟고 마음을 다해 도와준다면 무조건

고마워해야 한다고 배웠지만, 상황을 고려하지 않은 고마움으로
는 좋은 사람이 될 수 없다. 솔직히 원하지 않는 것을 해주었을
때는 별로 안 고맙다. 하지만 얼굴에 표정으로 드러나면 안 되
고 내 마음에 들지 않더라도 감사하다고 말해야 한다고 학습되
어 있다. 타인의 친절 앞에서 예의를 지켜야 하기에 싫은 감정을
보여도 안 된다고 배웠지만 아무리 좋은 고마움이라도 내가 여
유가 없으면 고마움을 느끼지 못할 때도 있다. 좋은 사람이 되
기 위해서는 원하지 않는 고마움을 잘 거절해야 한다. 좋은 마
음으로 베푼다고 고마워하라고 강요할 수는 없으니까.

초등학교 때 교과서에서 배웠다. 옆집에서 떡을 나눠주었을
때 해야 하는 말은 "감사합니다. 잘 먹을게요"가 정답이었다. 떡
을 안 좋아하는데 어떻게 하지? 그럴 때도 고맙다고 하면서 받
아야 하나? 아님 솔직하게 말해야 하나? 초등학생이었던 나의
인생 최대 고민이었다. 그래서 떡을 좋아하기 위해 노력해야 한
다고 생각했다. 떡을 좋아하지 않는 내가 이상한 거 같았다. 성
인이 된 나는 여전히 떡을 좋아하지 않고 맛있다고 생각하지 않
는다. 먹으면 잘 소화되지 않아서 먹기 겁난다. 우리 집에 온 떡
은 냉동실에서 얼어있다가 적당한 시기에 음식물 쓰레기가 될 것
이다. 차라리 주지 않는 편이 훨씬 나을 것 같은데 기어코 이웃

은 나누었다는 보람도 가져가고 고맙다는 인사도 받아 간다. 사람의 마음은 받는 것이 무시하지 않는 것이라는데 요즘같이 무서운 세상에 모든 사람의 마음을 다 받아줄 수도 없고 이웃과 마음을 나누면서 살지 않는다. 심지어 이웃은 떡을 핑계로 나의 시간을 빼앗고 있다. 집중해야 하는 업무가 있었는데 이웃은 허락도 없이 내 시간 속으로 들어왔다. 내가 정말 고맙다고 해야 하는 상황이 맞나 잘 모르겠다. 초등학교 도덕 시간에 '챙겨주시는 마음은 정말 감사한데 제가 떡을 잘 못 먹어서요. 마음만 받을게요. 앞으로 적당한 거리를 유지하면서 잘 지내요'라는 선택지도 정답이었다면 좀 더 거절을 잘하는 어른으로 자라지 않았을까. 좋은 인간관계에서 서로 진짜 고맙다는 마음을 전하는 대화를 하려면, 진심의 다정함과 진심의 고마움이 있어야 한다. 진정성 있는 고맙다는 말은, 서로를 좋아하는 마음을 가지고 있으면 더 쉽다. 누군가에게 신경 쓰는 마음도 상대방이 고마움을 느끼지 않으면, 혹은 당연해져 버리면 서로 시간을 빼앗는 그 이상도 이하도 아닌 게 된다. 시간을 뺏는 게 아니라 내 시간을 나눠 쓰려면 일방적이 아닌, 서로 다정하고 친밀해야 한다.

나를 좋아하는 사람에게

마음을 쏟자.

나와 다른 것 같다고 먼저 잘라내지 말고,

마음을 쏟으며 성격을 알고 취향을 알고 마음을 알자.

엄한데 고맙다는 말 들으려고 여기저기 기웃거리면서

쓸데없이 착한 사람 되려 에너지 쏟지 말고

나를 좋아하는 사람을 한 번 더

자세히, 오래오래, 다시 보자.

일상의 소소한 자연스러운 질문에

다정함이 담긴 대답을 하는 사이가 되면

남은 마음을 다 줘도 된다.

아,

예외는 있다.

나를 사랑하냐는 자연스러운 질문에

고맙다는 건조한 대답을 하는 사람은

사랑하지 말자. 우리.

사랑하냐는 질문의 대답은

많이 사랑한다고 정해져 있으니까.

어차피 착하게 살아야 한다
착한 척이라도 하자

인생을 하루만 산다면 어떨까? 나에게 하루라는 시간이 주어지면 무엇을 할 수 있을까? 무엇을 해야겠다는 생각조차 할 수 있을까? 난 참 나약한 사람인데, 마지막의 순간이라는 공포 앞에서 나약함은 최고의 능력을 발휘하지 않을까? '사랑하는 사람과 함께 보낼 것이다. 맛있는 음식을 먹을 것이다. 사과나무를 심을 것이다'같은 흔한 말 말고. 음, 나라면 내일을 기다려 볼 것 같다. 내일을 기대해 볼 것 같다. 로또에 당첨되어서 부자가 되고 잘먹고 잘살고자 하는 꿈을 꾸는 것처럼, 시험 전날 벼락치기하고 아는 문제만 나오길 바라는 마음으로 내일을 꿈꾸고 싶다. 혹시 실수로라도 내일이 계속 된다면 깜짝 놀랄 시간을 줄일 수 있으니까. 우리에게 어차피 내일은 있다. 멋있는 영화 제목에서 내일이 없다고 하는 바람에 가끔 내일이 없는 것처럼 살지만 늘 이불킥과 후회를 하며 머리를 콕 쥐어 박는다.

어차피 착하게 살아야 한다.
그래야 끝이 아름답다.
우리는 '이 정도만 하고 내일하지 뭐'라는 생각을
얼마나 많이 하고 사는가.
내일 일은 내일의 내가 해준다는 게
얼마나 마음 편하게 해주는지 느끼면서 살아간다.
내일의 내가 마음 편하기 위해서라도
착하게 살아야 하더라.
착한 마음을 깔아 놓으면,
착한 마음이 주는 특유의 안정감으로
내일의 내가 좀 더 편하다.
착하게 산다는 건
결국 나 편하자는 거다.

착한 마음으로 차근차근 해놓은 일과 하기 싫은 나쁜 마음으로 엉망으로 해 놓은 일 중 내일의 내가 더 편한 것은 정해져 있다. 마음이 편하면 아직 뭐가 되어야 할지 모르겠고 꿈이 없는 것쯤은 얼마든지 괜찮다. 해야 할 일은 적당히 노력하면서 하나씩 해나가면 되니까. 앞으로 시간은 많으니까.

아무리 생각해봐도 성공은 대단한 사람이 하는 것 같다. 포기할 건 깔끔하게 포기하고 내일이 좀 더 편한 나로 살아가다 보면 뭐라도 될 수 있다. 하고 싶은 게 뭔지 꿈이 뭔지 모르는 사람들이 가장 먼저 되어야 할 건, 내일 아침에 눈 떴을 때 '행복한 나'이다.

마음 편하게 하루를 시작하면서
기분 좋게 기지개를 켜고
좋은 사람을 만날 것이라는 기대보다는
나를 미워하지 않음이,
적이 없이 사는 게
더 현명할 때도 많더라.

나에게 가장 착하게,
그리고 성실하게,
착한 척에 진심입니다만

과거로 돌아가면 공부 열심히 할 거다, 더 열심히 살 거다. 학교를 졸업하고 사회생활을 시작했을 때, 일도, 취업도, 사는 게 내 맘대로 되지 않을 때 많이 했던 말이다. 하지만 명백히, 아무리 과학기술이 발달해도 우리는 과거로 돌아가 갈 수 없다. 후회라는 건, 예전의 나를 돌아보게 하지만 현재를 사는 나에게는 아무짝에도 쓸모없다. 그러니 우리는 쓸데없이 후회하는 데 에너지와 소중한 시간을 소비하지 말아야 한다. 후회해도 돌아갈 수 없고 시간은 지나가면 끝인데, 우리는 되돌릴 수 없는 일에 다시 살릴 수 없는 시간을 얼마나 낭비하면서 살고 있는가.

여기서 말하는 후회는 반성과 다르다. 반성은 앞으로 나아가기 위한 계획을 위한 것이지만, 후회는 과거로 돌아가서 나를 탓하기만 하는 것이기 때문이다. 아무리 후회하면서 애쓰며 살아도 인생에 드라마틱한 변화는 없다.

노력은 보이지 않게 쌓이다가
언젠가 한계치가 지나면
비로소 행운을 만날 준비를 할 뿐이다.
성실한 준비운동을 잘 끝내야만 비로소
미래의 실전을 대비할 수 있다.
하루하루를 준비운동 한다는 생각으로 사는 것도
삶을 단단하게 다져가기에 참 좋다.
좋은 사람들과 함께 하면 더 쉽고 재밌고 잘 할 수 있고.

타인에게 착한 마음을 베풀고 착하다는 칭찬을 듣는 것보다 우선 나 자신을 가장 착하게 대해야 한다. 사랑스러운 눈으로 나를 바라보고 더 많이 이해해 주고 아껴주고 보듬어야 한다. 지금의 내가 생각하기에 부족해 보여도 그때의 나는 그게 최선이었다고 다독여줘야 한다. 후회가 아닌 계획적인 반성을 해야 한다. 하고 싶은 일을 마음껏 하는 것도 나 자신에게 착한 일일 수 있다. 노력하고 애쓰고 끝까지 매달리는 게 나 자신에게 착한 일일 수도 있다. 하고 싶은 일을 참고 양보하는 게 나에게 착한 일일 수도, 애쓰지 않고 내려놓으면서 사는 게 나 자신에게 착한 일일 수도 있다. 나 자신에게 착하게 대할 자세와 타이밍이 있는데 적절한 타이밍을 위해서는 나 자신을 제대로 잘 알아야 하고.

결국 착하게 산다는 건 잘사는 것이다.
남들에게 피해 주지 않고, 몸도 마음도 다치지 않고,
같은 상처 곱씹지 않으면서
성실하고 씩씩하게 사는 것이다.
이렇게 복잡하고 힘들고, 나를 괴롭히는 게 많은 세상에서
삐뚤어지지 않고 살고있는 것 자체가 상 받을 일이다.

여기에 자존심을 지키면서 자존감을 가지고 산다는 건
기적이라 할 수 있다.
자존감은 나 자신에게 사랑받고 인정받는 마음인데,
내가 나를 생각했을 때
꽤 괜찮은 사람이라는 생각이 들면
자존감은 저절로 생긴다.

나이를 먹으면 사랑이 지켜주는 것으로 변하는데,

나를 지켜주면서 나 자신을 먼저 사랑하고

나를 사랑해야 나를 지킬 수 있다.

착한 마음으로 나를 사랑스러운 눈으로 바라보자.

애쓰지 않으면서 내려놓고 사는 것도 좋지만,

꼭 열심히 노력해 보고

죽을 힘을 다해보고

어느 정도 이루어 놓은 게 많을 때,

눈에 보이는 결과물을 확인한 후에

천천히 나만의 속도로 내려놓았으면 좋겠다.

노력하는 마음,

죽을 힘을 다해보는 마음,

애쓰는 마음이 어떤 건지

제대로 알아야 그 다음의 마음이 온다.

안정적이고 나를 둘러싼 상황이

편안해야 착한 마음도 생긴다.

살아보니까 그렇더라.

에필로그

언제부턴가 약속을 손끝 터치로 잡고 있네요. 요즘은 얼굴을
보지 않아도 목소리를 듣지 않아도 여러 사람들과의 약속을 잡
을 수 있잖아요. 저는 아무 말도 안 해도 단톡방에서는 알아서
시간과 장소가 정해집니다. 적당히 딴 일을 하다가 궁금하면 간
간히 들여다보고 애기의 흐름을 파악해 봅니다. 하고 싶은 것
들, 먹고 싶은 것들에 대한 대화가 쏟아지고 취향이 확고한 사
람의 말대로, 대화를 많이 적어 올리는 사람의 뜻대로 약속은
정해지죠.

카톡을 몰아보면 ㅋㅋㅋ와 ㅠㅠㅠ가 반복적으로 울고 웃는 사람이 같이 얘기하고 있어 분위기 파악하기 힘든 얘기들이 올라가고 있어요. 저는 울고 웃고를 반복하는 게 힘든 사람이라 솔직히 대화의 흐름을 다 알려 하지조차 않아요. 그래서 몇 시, 어디에서 만나는지 정도 체크합니다. 장소도 시간도 투표로 정하네요. 참, 효율적이고 여러 사람들의 의견을 반영할 수 있어서 좋은 것 같습니다. 전 가고 싶은 곳이나 먹고 싶은 게 없는 사람이라 나에게 묻는다면 곤란할 텐데, 그런 곤란할 시간을 잘 지나가게 해줘서 참 좋아요.

그런데 있잖아요. 이상하게 그렇게 정해진 약속에는 마음이 안 갑니다. 약속이 확정되고 나면 선약은 없었나, 혹시 해야 할 일은 없나, 컨디션은 괜찮을까 꼼꼼히 따져봅니다. 한참을 생각해 보고는 손가락 터치로 시끄럽게 정해진 약속 앞에서는 혼자 있고 싶어지더라구요. 고맙게도 그런 약속은 나 하나 빠져도 잘 돌아가고, 그래도 술은 쓰고 고기는 잘 구워지고 사람들은 재밌게 놀테니까요.

전 술을 마시지 않고 고기로 배불러지는 느낌이 불편하고 사람들이 많은 자리를 어색해하는 사람이라 그냥 혼자 있는 시간이 더 낫겠다는 생각이 들면, 언제든 아무도 모르게 참석을 취소할 수 있어요. 참 편하고 좋아요. 세상이 쉽고 편리한 쪽으로 발전하고 있다는 증거기도 하구요.

그렇게 아무도 모르게 참석을 취소하고 한결 마음이 편해지면 연락 오는 동생이 있었습니다. 갑자기 왜 안 온다고 하는 거냐, 무슨 일이냐, 어차피 할 일도 없지 않냐, 바쁜 척하지 마라, 잔말 말고 와라 등등 짧은 카톡을 스무 개는 보내놓고는 마치 나 없으면 거길 안 갈 것처럼 말을 합니다.

그런데 저는 그 동생을 잘 알아요. 제가 없어도 술 잘 마시고 고기 잘 먹고 끝까지 살아남아서 제일 잘 놀 사람이라는 거. 바쁜 척하는 사람 제일 싫다고, 그래서 누나가 지금 세상에서 제일 싫다는 말까지 빼놓지 않고 합니다. 이 동생은 전화를 받지 않으면 받을 때까지 하고 카톡으로 자신이 원하는 대답을 해주지 않으면 원하는 대답을 할 때까지 묻거든요. 처음엔 당황스러웠는데, 이제는 어떻게 하면 얘기가 빨리 끝나는지 알기에 대부분 원하는 대로 해주는 편이에요. 아직 단 한 번도 들어주지 못할 것을 원한 적은 없어요. 무신경한 저의 소소한 것에 서운하다는데 뭐, 그거 못 들어주겠나요.

친구들은 그런 동생을 보고 이상한 사람 아니냐고 하는데요. 저도 이상한 사람인가요. 나 없이도 정해지는 재밌는 모임 약속보다 그런 이상한 그 동생에게 더 마음이 쓰이더라구요.

벌써 세 번째 에세이입니다.

첫 번째 책은 꽉 찬 패키지여행 같았어요. 아침 일찍 일어나고 하루종일 부지런히 돌아다녀서 자기 전 다리가 저릿저릿하면 제대로 즐겼다고 만족하는 여행처럼, 힘을 잔뜩 주고 정해진 틀에 맞춰 고백하는 시간이었죠. 단어 하나, 마침표 하나에 몇 시간을 고민했었는데, 아무도 모르고 나만 아는 고민들이라, 내가 잊어버려서 이제 아무도 모르는 고민을 했던 것 같네요.

두 번째 책은 사랑하는 사람과 떠난 데이트 여행 같았습니다. 사회생활을 하고 해야 할 일들을 하면서도 사랑이 그립고 설레고 싶더라구요. 그냥, 문득이라고 표현했지만 다정함과 따뜻함을 느끼고 싶었어요. 덕분에 잊고 지냈던 마음과 설렘들을 들여다볼 수 있는 시간이었구요. 생각보다 로맨틱하게 써지지 않아서 제 자신도 참 많이 놀랐지만요.

자꾸 사랑 앞에서는 헤어짐이 이유였던 행동을 하지 않으려고 하다 보니, 마음은 저절로 닫히고 할 수 있는 게 줄어들잖아요.

쉽게 설레지 않아서 덜 상처 받았지만 그만큼 사랑의 모양이 딱딱해지고 빨강이 탁해진 것 같아서 아직도 사랑을 그리워하는 사람이 되었나 봐요.

세 번째 책은 혼자 여행 같네요. 가고 싶은 곳 한두 군데 정도만 정하고 누구도 신경 쓰지 않고 떠나는 여행. 출발 시간과 돌아올 시간이 정해져 있지만, 언제든지 내 마음의 허락만 있다면 시간을 당길 수도 미룰 수도 있는 그런 여행요. 나만 허락하면 되는 여행의 흐트러짐이 여전히 좋아요.

세 번째 원고를 흐트려 놓고 퇴고하면서 좋은 사람이 되어야겠다, 좋은 어른이 되어야겠다는 다짐을 했습니다. 글을 쓰는 걸 여전히 애정하면서 빨리 쓰고 싶어서 안달안달하는 시간을 보내고 있어요. 그런데요. 여전히 그런 제가 참 좋아요.

애쓰고 열심히 안달하며 살자는 건 아닙니다. 다만, 애정 있는 하루하루를 살아 봤으면 좋겠습니다. 세상은 내 맘대로 안되는 것들 투성이 같아도, 내 마음대로 되는 것들이 분명히 있고 애정을 갖고 했던 것들은 나름의 의미를 남깁니다. 좋은 하루 별건가요. 그렇게 예쁜 의미를 남기면 좋은 하루고, 좋은 하루를 보내는 사람이 좋은 어른 아닐까요.

글을 쓰고 출간하지 않았다면 절대 몰랐을 법한 것들을 사랑
하면서 살 수 있어서 행복합니다.

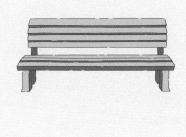

여전히 아는 것보다
모르는 것이 더 많은,
잘 모른다고
쉽게 고백하는 어른입니다.

좋은 어른을 위한 에세이

세상의 모든 좋은 어른을 위해
김현주 작가가 알려주는 '착한 척'의 기쁨

초판 인쇄 2022년 04월 20일
초판 발행 2022년 04월 26일

지은이   김현주
펴낸곳   읽고싶은책 (제2020-000044호)
펴낸이   오세웅
편집   권윤주, 박성화
디자인   임민정

주소   서울시 관악구 신림로340 르네상스복합쇼핑몰 7층 707-4호
이메일   modubig@naver.com
홈페이지   https://modubig.modoo.at/

※ 누구나 읽고 싶어하는 책을 만드는 도서출판 읽고싶은책
※ 도서출판 읽고싶은책과 함께 할 작가님을 모십니다.
   이메일로 원고 접수받아 검토 후 연락드립니다.
※ 파본은 구입하신 서점에서 교환해 드립니다.
※ 이 책의 저작권은 지은이와 도서출판 읽고싶은책에 있습니다.
   내용의 일부 또는 전부를 무단으로 사용을 금합니다.

책값은 뒤표지에 표기되어 있습니다.
ISBN   979-11-978569-9-0 03810